池樂天
지악천

지악천 10권 완결

초판1쇄 펴냄 | 2022년 01월 10일

지은이 | 일혼
발행인 | 성열관

펴낸곳 | 어울림 출판사
출판등록 / 2009년 1월 23일 제 2015-000062호
주소 / 경기도 고양시 일산동구 무궁화로 43-55, 801호 (장항동, 성우사카르타워)
TEL / 031-919-0122
FAX / 031-919-0127
E-mail / 5ullim@hanmail.net

ⓒ2022 일혼
값 8,000원

ISBN 978-89-992-7585-2 (04810)
ISBN 978-89-992-7209-7 (SET)

O U L I M O R I E N T A L F A N T A S Y

10

〈완결〉

樂

지악천

일훈 무협 장편소설

어울림
BOOK

목차

池樂天

지
악
천

第 四 十 五 章 ― 무림맹

　제갈군은 한껏 가벼워진 발걸음으로 군사전을 벗어나 정말 오랜만에 햇살을 맘껏 음미하며 무림맹에서 가장 큰 전각으로 향했다.

　[맹주전(盟主殿)]

　제갈군이 향한 전각의 입구 위에는 맹주전이라 쓰인 커다란 현판이 달려 있었다.

　'쩝. 매번 와도 참 적응 안 되는 곳이야.'

　전각으로 들어가기 전에 입맛을 다신 후 안으로 들어 갔다.

　"맹주님. 접니다. 들어가도 되겠습니다."

"왔는가? 들어오시게."

제갈군의 말에 안에서 차분한 목소리가 반겨왔다.

"일전의 일이 거의 마무리 됐기에 보고드리기 위해서 왔습니다."

안에서 가사(袈裟)를 걸친 스님이 그를 맞이했다. 그가 바로 무림맹의 맹주인 원굉대사(元宏大士)였다.

"오. 그러한가? 듣자하니, 재정이 꽤나 좋아졌다지? 각 문파나 세가에 독촉하지 않을 정도로."

맹주의 물음에 제갈군은 아무런 표정 변화를 보이지 않았지만, 속내는 그렇지 않았다.

'그건 또 어디서 들었지?'

"예. 넉넉하게 잡아도 최소 4년은 긴축하지 않아도 될 정도의 수준입니다."

"대단하군. 너무 대단해서 얼굴이라도 보고 감사하다고 말하고 싶을 정도구먼."

"그리하지 못할 것도 없지요."

그런 맹주의 너스레에 제갈군은 넙죽 맞춰줬다.

"하하. 하지만 그러다가 내가 제 명에 못 살 것 같아서 그렇지."

"……그렇습니까."

제갈군은 맹주인 원굉의 건들 수 있는지 깊게 생각할 필요도 없었다. 제갈군도 앞서 지악천이 무왕과 신승에게 배움을 받았다는 사실을 진즉에 전해 들었으니까.

"그래도 한번 운이라도 띄워 보겠습니다. 언제고 이쪽에서 큰일을 할 수 있는 사람일 수 있습니다. 안면을 트는 것도 나쁘지 않지 않겠습니까."

제갈군은 원굉의 투쟁심을 알기에 그를 살살 긁어볼 요량이었다.

"흐음… 확실히 그렇긴 하겠지."

원굉도 제갈군이 무슨 생각을 하는지 뻔히 알지만, 모른 척 넘어갈 정도로 지악천을 만나보고 싶은 마음이 컸다. 거기다 아직도 화산의 반대로 공표하고 있지 못하고 있는 천하십오절(天下十五絶)의 일인인 화산제일검 소요자(逍遙子)의 죽음도 지악천과 관련 있기에 그런 마음이 있을 수밖에 없었다.

"그렇다면 시간 될 때 한번 들르라고 기별을 넣겠습니다. 하지만 관인이라 올지 안 올지는 모르겠습니다."

"그거야… 안 오면 내가 가면 그만이지 않겠는가."

살짝 고심하는 듯했지만, 거침없이 나오는 맹주의 말에 제갈군의 입가가 살짝 씰룩였다.

'안 오면 직접 가겠다고 마음을 단단히 굳히셨네.'

"아무튼, 연락은 해두겠습니다."

"아, 그건 그렇고 이번 일로 인해서 그에게 돌아간 돈이 얼마인가? 한 몇 백만 냥 정도 되나?"

"그렇게 작을 리가 있겠습니까. 사천칠백칠십일만삼천오백팔십사(四千七百七十一萬 三千五百八十四) 냥입니다."

"······뭐?"

어마어마한 액수를 아무렇지도 않게 말하는 제갈군의 말에 맹주의 입이 크게 벌어졌다.

"사천칠백칠십일만삼천오백팔십사 냥입니다. 자투리로 남는 은자는 빼고 순수 금자입니다."

"······듣기만 해도 정신이 아찔해지는 느낌이군. 허허허."

그가 아무리 소림사에서 오래 지냈다고 해도 세상 물정을 모르는 바보는 아니었다. 그랬기에 그만한 돈이 개인에게 돌아간다니 헛웃음이 절로 나올 수준이었다.

"본래라면 거의 8천만 냥 이상을 가져갔겠지만, 본인이 고혈을 빼앗긴 이들을 도와주라고 해서 그렇게 하고 남은 금액이 그 정도인 겁니다."

"···도량(度量)과 인품(人品)까지 대단하군. 절반 가까이 그렇게 쓰다니. 막상 나라고 해도 그런 결정을 쉽게 내리기 힘든데 말이야."

"그러니까 말입니다."

이 부분만큼은 제갈군 역시 극히 공감하는 부분이었다. 맹주는 제갈군의 답에 묘하게 걸리는 말을 듣긴 했지만, 대충 넘어갔다.

"크흠. 아무튼 이래저래 꼭 만나보고 싶어지는 사내로군."

앞서 제갈군의 전서를 받은 지 며칠이 지난 후였지만,

지악천은 아직도 그 많은 돈을 어떻게 해야 할지 딱히
답을 내리지 못하고 있었다.

'한곳에 몰아넣기도 힘들고 그렇다고 뭔가 사기도 좀
그래.'

고민하는 중에도 여전히 좀도둑을 잡고 사소한 분쟁
들을 처리하며 일상적으로 생활했기에 누구도 지악천
이 고민하고 있다는 걸 알지 못했다. 거의 매일 사실상
붙어 다니는 후포성조차도 몰랐다. 그렇게 매일 고민
해도 답이 나오지 않자, 결국 지악천은 제갈수를 찾았
다. 단순하게 이런 쪽으론 그가 자신보다 나을 것으로
생각했다.

"이제야 답신 작성을 끝낸 건가?"

"그건 아직 작성 중이긴 하는데, 자문이 필요해서 이
렇게 불쑥 찾아왔습니다."

"자문? 자네가? 나에게? 흠… 그 말은 무인으로서가
아닌 다른 것이겠군."

"예."

일말의 고민도 없이 나오는 말에도 제갈수는 아무렇
지도 않다는 듯한 표정이었다.

"편하게 말해보게나."

"의도치 않은 큰돈이 생겼는데 어떻게 하면 좋겠습니
까?"

"큰돈? 얼마나 있기에 그러는가?"

그 물음에 지악천은 살짝 고민했다.

"음… 정확한 액수는 좀 그렇고 상당히 많습니다."

그런 지악천의 대답에 제갈수는 고개를 갸웃거렸다. 이미 그가 알기로는 지악천은 개인적으로 이미 많은 돈을 가지고 있는 것으로 알고 있고 그 돈이 이미 전장에 맡겨져 있는 것으로 알고 있었기 때문이다.

'전장에 맡겨둔 것들 말고 또 다른 돈이 생긴 건가?'

제갈수는 일전에 지악천이 암상과 싸웠다는 것만 알고 있었고 다른 부분은 크게 신경 쓰지 않고 있었다. 물론 일전에 서신을 보냈던 제갈군도 그에게 별다른 언급을 하지 않았기도 했으니 어쩔 수 없었다.

"전장에 맡기지 그러나? 그게 가장 쉽지 않겠는가?"

"한 곳에 다 맡기기 힘들 것 같아서 그럽니다."

"아니, 그래도 간단하지 않나. 한 곳에 전부 맡기기 힘들면 두 곳, 세 곳에 나누면 될 일이지."

"음…….."

확실히 제갈수의 말은 틀리지 않았다. 다만, 문제가 있었다. 지악천은 어디가 믿을 만한지 모른다는 것이었다. 그리고 그런 사실을 제갈수도 금방 이해했다.

"그렇군. 자네는 그때 받았던 것들 여전히 천금전장에 맡기고 있겠지? 우리 세가가 그곳이랑 연계 관계니까."

"예. 그대로긴 합니다."

"그러면 다른 몇 군데 추천해주면 되겠는가? 천금전장도 규모가 크지만, 그보다 큰 전장이 전혀 없는 것도 아니지 않은가. 그리고 내 추천이라면 얼마든지 대우받을 수 있겠지. 자네가 액수가 크다고 하니. 음… 그래. 무림맹과 거래를 하는 곳도 신용할 만하지. 그곳들로 하는 게 어떻겠는가? 세 곳으로 나누면 부담도 덜될 테니까."

"그럼 다른 두 곳의 이름이?"

"이름? 아아. 두 곳 다 이곳에서 활동이 많지 않은 곳이긴 한데 금화상련과 만상보라네. 어떤가? 물론 그곳들의 주력이 상단이긴 한데. 자금력도 좋으니 이자도 많이 나올 것이네. 거기다 제갈군 형님의 추천까지 받아내면 금상첨화(錦上添花)겠지."

제갈수의 말에 지악천이 고갤 끄덕였다.

'확실히 굳이 전장에 맡긴다고만 생각할 필요는 없겠지. 투자해도 되니까. 이름 난 상단이 쉽게… 날아가긴하지만, 그거야 특수한 부분이니까.'

대룡상단과 사해전장은 암상의 껍데기였기에 그렇게볼 수 있었다. 그때 천룡대원이 열려 있는 문으로 들어왔다.

"장로님. 무림맹에서 전서가 도착했습니다."

전서를 건넨 그가 돌아가기 무섭게 전서를 펼쳐 확인한 제갈수는 의아한 표정을 지었다.

"음? 무림맹에서 자네를 초청한다고 하는데?"

"예?"

"아니, 나도 모르겠는데 맹주님의 전언이라네. 결론

만 놓고 말하면 한번 보고 싶다고 하시는데?"

전서를 읽는 제갈수도 이런저런 쓸데없는 말을 떼고
직설적으로 해석하면서 전서를 지악천에게 건넸다.

"어… 그러네요. 근데 저를 왜? 아니, 돈 때문인가?"

지악천이 마지막에 중얼거린 말을 듣지 못할 제갈수
가 아니었다.

"응? 돈이라니? 자네 무림맹에 큰돈이라도 냈나?"

"아, 그게 말이죠."

지악천은 결국 제갈수에게 암상과 관련된 모든 것을
다 설명해야 했다. 하지만 제갈수의 뇌리에는 무지막
지한 거의 5천만에 근접하는 금자만 남았다.

"와. 미쳤네. 이보시게 지 포두. 내가 잘못 들은 게 아
니겠지? 철전을 잘못 말한 거 아닌가?"

제갈수는 살짝 얼이 빠진 표정으로 물었다.

"제대로 들으신 거 맞습니다. 제갈 군사께서 직접 보
내신 전서도 아직 가지고 있습니다."

"응? 저번에 거기에 그런 내용이 있었다고?"

그 되물음에 지악천이 품에 아직 넣어두고 있던 전서
를 꺼내 제갈수에게 건네자, 그것을 바로 읽은 그는 엄
청 허탈해했다. 한 번에 5천만? 이러며 짧게 중얼거리
던 제갈수는 씁쓸한 표정으로 고치며 물었다.

"대단하군. 부럽기까지 해. 제갈세가조차 이만한 자
금을… 후. 괜히 쓸데없는 말까지 할 필요는 없겠지.
자네가 무슨 생각으로 나에게 그런 자문을 구하려고 했

는지 충분히 이해할 수 있었네. 그만한 돈이라면 나라도 자네처럼 생각할 수 있겠지. 오히려 내가 내놓은 답이 많이 부족하다고 느낄 정도로군."

제갈수의 말에 지악천은 고개를 저으며 담담하게 말했다.

"아닙니다. 제갈수 장로님의 답이 옳다고 봅니다. 그 많은 돈을 한곳에 몰아넣는 것보단 확실히 분산하고 그들과 제가 좋은 사이가 된다면 저에게도 많은 도움이 되지 않겠습니까. 크게 본다면 오히려 제갈수 장로님의 말이 옳다고 생각합니다."

지악천의 말에 씁쓸한 표정의 제갈수의 얼굴이 좀 나아졌다.

"그렇게 생각해준다면 나야 고맙지. 그런데 어떻게 할 건가? 맹주님의 초대인데."

"흐음……."

'꼭 가야 하나?'

"실례가 안 된다면 무림맹주라는 출신과 성격 그리고 됨됨이를 알 수 있겠습니까?"

"흠. 못 해줄 것도 없지. 맹주님의 이름은 원굉이며 불호(佛號)라네. 불호에서 알 수 있듯이 출신은 소림사(少林寺)의 장로 출신이지. 성격은 음… 내 주관적인 평가로는 외유내강(外柔內剛). 겉으로는 부드럽지만, 속은 강인함을 담고 있는 성격이라고 본다네. 물론 대외적인 평가도 비슷하네. 인자하지만, 맹주의 직에 앉을 만큼 강단 있는 모습을 자주 보여준다네. 사람 됨됨이야, 맹주 위에 있을 정도니 달리 평가할 이유가 없지. 아. 한 가지 더 말하자면 제갈군 형님이 맹주님을 상대하기 꺼린다는 정도? 때때로 자기주장이 아주 강하신 편이라."

"그렇군요."

"아. 그리고 한 가지 더. 본래 천하십오절의 한 자리가 맹주님의 자리였지. 그만큼 무공에 재능도 대단하다고 할 수 있네. 하지만 맹주 위에 올라가면서 공석이 됐고. 그 빈자리에 들어갔던 게 자네와 싸웠던 화산제일검이었던 소요자라네."

"아……."

지악천은 제갈수의 말에 그동안 잊고 있던 소요자가 떠올랐다.

사흘 후, 경공으로 움직이는 지악천의 앞엔 제갈수가 떨떠름한 표정으로 달리고 있었다. 본래 지악천은 처음 서신을 받았을 때 무림맹으로 갈 생각은 추호도 없었지만, 이튿날 다시금 날아온 전서에 마음을 고칠 수밖에 없었다.

'오지 않으면 맹주가 직접 온다니 참나.'

사실상 협박이나 다름없었다. 본래라면 절대로 호남에서 이런 일은 일어나지 않았어야 했지만, 지악천 때문에 벌어지는 일이니 결국 그가 나서서 해결해야 했다. 무시하고 지나치기엔 무림맹주라는 이름의 무게감이 너무나도 컸다. 물론 암상을 상대함으로써 자신의 존재를 더 숨기지 않겠다고 다짐했지만, 이건 그런 사소한 일과는 차원이 다른 경우였다. 아무리 암상이 이름을 날렸다고 해도 그건 무림에선 큰 사건 축에도 들어가지 못한 수준이었다. 그런데 무림의 이목을 받을 수밖에 없는 무림맹주가 별다른 이유 없이 호남을 갔다? 그것도 한낱 포두를 만나고자? 정사를 떠나 모든 무림인의 시선을 끌기 충분했다. 특히 소요자의 경우를 생각하면 지악천이 쉽게 받아들일 만한 상황은 아니었다. 그래서 할 수 없이 무림맹으로 향하게 된 것이었다. 그리고 그런 지악천의 생각을 제갈수 역시 얼핏 읽어낼 수 있었다.

—너무 그러지 말게나. 사람마다 방식의 차이는 존재할 수밖에 없으니.

—그건 모르지 않습니다. 말씀하신 대로 듣기에 따라선 다소 강압적으로 느껴지기도 하지만요.

—이해하네. 어차피 일정 자체는 길진 않을 것이네.

—그러길 바라야죠.

지악천의 전음에 제갈수는 씁쓸한 미소를 지으며 전음을 날리며 경공의 속도를 올렸다.

—좀 더 속도를 올리지.

전음을 보냄과 동시에 속도를 올리는 제갈수의 모습에 지악천도 맞춰 움직였다. 무림맹이 있는 의창(宜昌)

까지 도달하는 데 그리 오랜 시간이 걸리지는 않았다. 물론 지악천이 홀로 움직였다면 배 이상은 단축했겠지만, 아무런 일면식도 없으면서 홀로 무림맹을 찾을 순 없는 노릇이었다. 그렇기에 새벽에 출발에 정오가 조금 넘어간 시간에 의창에 도착할 수 있었다.

"어떻게 할 건가? 밥이라도 먹고 갈 건가? 아니면 바로?"

"어떻게 하는 게 낫겠습니까?"

일전에 무림맹에 들렸을 때를 떠올린 제갈수의 미간이 살짝 찌푸려졌다가 펴졌다.

"무림맹의 밥은… 상당히 밥맛이 없지. 밖에서 먹고 가세나."

"그렇게 하시죠. 이곳 지리에 밝지 않으니 추천해주시면 좋겠습니다. 제가 이곳은 초행이지 않습니까."

지악천의 말에 기대감이 가득한 눈으로 제갈수가 그를 바라봤다.

"그럼, 밥값은 자네가?"

"……예. 뭐, 그렇게 하시죠."

아직 그 많은 금자가 지악천의 수중에 들어온 것은 아니었지만, 그의 전낭 안에는 일개 포두가 들고 다닐 수 없을 정도의 넉넉한 돈이 있었다. 지악천의 말에 제갈수는 함박웃음을 지으며 앞장서서 걷기 시작했다. 이내 그들이 도달한 곳은 장사에서조차 볼 수 없었던 어마어마한 크기의 객잔이었다.

황혼객잔.

"황혼객잔. 내가 이곳에서 먹어본 곳 중에선 가장 잘하는 곳일세."

제갈수의 말대로 그곳에는 수많은 이들로 가득 차 있었다.

"들어갈 수 있긴 한 겁니까? 저래서는……."

지악천의 말에 제갈수는 웃으며 고갤 흔들었다.

"자네는 너무 우물 안에만 있는 것이 문제라면 문제일세. 자네도 잘 알다시피 세상을 살면서 힘과 돈이면 대부분 해결할 수 있지 않던가. 특히 이런 경우라면 돈으로 대부분 해결 가능한 부분이고."

"……."

'그건 무림이나 가능한 일 아닙니까.'

머릿속에 떠오른 말을 굳이 내뱉지 않았지만, 그런 지악천의 기우를 알아차린 제갈수가 웃었다.

"하핫! 자네가 말하지 않아도 무슨 생각인지 알 만하군. 하지만 자네가 그렇게 생각할 만한 그런 강압적인 방식이 아닐세. 그저 층에 따라서 자신의 자격을 증명하기만 아주 손쉽게 올라갈 수 있는 곳이라네. 특히 무림맹 인근에 있으니까 더더욱 그런 셈이지. 나쁘게 본다면 나쁘게 보이겠지만, 있는 사람들은 오히려 문제가 생기지 않길 바라기도 하고 한적하게 즐기고 싶기도 한 이들을 위해서 나온 해결 방식이라네."

"그리고 그것을 단순히 무력이 아닌 명성과 돈으로 증

명하라는 겁니까?"

"그렇지. 무림맹의 앞에서 힘자랑 해봤자, 주변에서 좋은 소리 듣기 힘들지 않겠는가? 그러니 중원에 자신의 명성을 크게 알린 사람들이어야 하거나, 그 층에 해당하는 수준의 돈까지 있어야 한다는 거지."

"사실상 금력(金力)이군요."

그 말에 제갈수는 가볍게 어깰 으쓱거렸다.

"어쩔 수 있는가. 분별력을 두기 위해서라면 그 정도는 감수해야지."

말은 그렇게 했지만, 이제까지 제대로 된 돈 지랄이라고 할 만한 것은 이전에 검을 만들 때뿐이었기에 지악천이기에 호기심이 살짝 동했다.

"그렇다면 제갈수 장로님의 위명(威名)이라면 어디까지 올라갈 수 있습니까?"

"예전 기억대로라면 대충 금자 10냥을 확인시켜준다면 바로 꼭대기까지는 아마도 가능하겠지. 물론 음식 값이 그만큼 나오진 않겠지만. 사실상 자릿세가 비싸다는 거지."

그 말에 자신의 전낭에 얼마가 들었는지 상기한 지악천이 가볍게 고갤 끄덕였다.

"금자 10냥이요? 충분하네요."

"그런가? 그렇다면 가세나. 나도 꼭대기 층은 한 번도 못 가봤으니."

아무리 자신이 돈을 내지 않는다곤 하지만 나이답지

22

않게 묘하게 신난 제갈수를 말릴 순 없었던 지악천은 고갤 흔들며 그의 뒤를 따랐다. 황혼객잔의 안으로 들어선 지악천은 겉으로만 봤던 것보다 훨씬 깔끔해 보이는 내부에 내심 감탄을 흘렸다.

'규모가 규모다 보니 굉장히 깔끔하게 보이네.'

"어떤가? 나도 처음 왔을 때 자네 같은 표정을 했었지. 참으로 깔끔하지 않은가? 1층만 해도 마치 빡빡하게 붙어 있을 것 같지만, 막상 보면 충분한 여유가 느껴질 정도지. 그런데 위로 올라갈수록 이 여유가 더 많아지고 방도 따로 있지. 거기다 층계 간의 소음이 극히 적어. 이 객잔을 누가 만들었는지는 모르겠지만, 상당히 고심해서 만든 모양새지."

그렇게 제갈수가 말하는 사이에 점소이로 보이는 이가 그들에게 다가왔다. 그리고 점소이는 제갈수의 허리춤에 달린 표식만 보고 그가 어디서 왔는지 단박에 알아봤는지 목소리를 낮췄다.

"제갈세가에서 오신 분이시군요. 위로 안내하겠습니다."

그의 말에 제갈수는 그저 고갤 끄덕이며 뒤를 따랐고 지악천도 그 뒤를 따라갔다. 자연스럽게 돌아선 채로 계단을 오르며 점소이가 제갈수에게 물었다.

"몇 층까지 가시겠습니까."

"자리는 어떻게 되는가?"

"2층은 현재 만석입니다. 3층부터는 여유가 있습니다."

"마지막은?"

"비어 있습니다. 하지만……."

비어 있다는 말과 함께 말을 흐리는 그의 모습은 묘하게 자존심을 살살 긁는 모양새였다. 그런 점소이의 말에도 제갈수는 이미 몇 번의 경험했기에 아무렇지 않았다.

"얼마인가?"

"금자 15냥입니다."

그 말에 제갈수는 자신의 턱을 쓰다듬었다.

"꽤나 올랐군. 뭐, 어차피 확인하는 용도이니."

제갈수는 말이 끝나기 무섭게 지악천을 바라봤다. 그런 제갈수의 시선에 지악천이 품에서 전낭을 꺼내 점소이에게 건넸다.

"확인해보게."

툭.

묵직함이 금자라면 충분히 통과하고도 남을 무게였다. 하지만 내용물까지 눈으로 확인해야 했기에 손에 걸리는 것을 꺼내 들었다. 그것은 금원보였다.

"충분하시군요. 바로 안내하겠습니다."

금원보를 확인한 점소이가 바로 전낭을 최대한 예의를 갖춰 지악천에게 돌려주면서 바로 돌아서서 올라가기 시작했다. 위층으로 올라갈수록 점점 더 탁자나 의자의 질이 좋아졌다. 그렇게 3층에 올라와 4층으로 올라가려고 할 때 제갈수의 전음이 들려왔다.

―하북팽가(河北彭家) 자식들이로군. 대부분 멍청한 것들이니 나중에 마주치게 된다면 어지간하면 흘려들 게나.

지악천은 관인이기에 제갈수까지는 아니더라도 하북 팽가에 대해서 어느 정도는 잘 아는 편이라고 할 수 있었다. 특히 제갈세가나 하북팽가는 둘 다 많은 수의 관인을 배출하는 곳이었다.

제갈세가는 문관. 하북팽가는 무관.

그랬기에 알게 모르게 경쟁하는 사이기도 했다. 어떻게 본다면 그런 일까지 무림의 일로 끌어들이는 것은 엄연히 금기(禁忌)지만, 어디 사람 일이 그리 쉽게 돌아갈 리가 있겠는가. 특히나 다른 이들이 없이 제갈세가와 팽가가 단독으로 마주할 때면 더없이 무너지는 금기였다. 그랬기에 제갈수가 무시하라고 하는 것이었다.

3층에 자리 잡고 있는 하북팽가의 일행이 있는 3층을 지나 4층에 도착할 수 있었다.

"아직은 4층에 선객이 없습니다. 음식은 어떤 것으로?"

점소이의 물음에 제갈수는 고민했지만, 길지 않았다.

"흠, 그렇군. 자네가 추천해줄 수 있는 것으로 다섯 가지. 그렇게 가져다주게. 전부 제대로 된 것들이라면 자네 또한 섭섭하진 않을 것이네."

둘이서 5개의 음식을 시켰지만, 점소이는 아무렇지

않은 표정이었다. 대체로 무인들은 대식가였기에 군말 없었다.

"오늘 들어온 돼지, 소. 그리고 막 들어온 말린 해물들이 상태가 아주 좋으니 그것들을 위주로 준비해드리겠습니다. 차는 어떻게 하시겠습니까?"

"나는 용정. 자네는?"

"저는 백차면 됩니다."

"알겠습니다. 그리 준비해드리겠습니다."

지악천의 말에 점소이가 허리를 숙였다가 바로 계단을 내려갔다. 점소이가 내려가자 지악천이 바로 바깥으로 시선을 돌리며 난간 근처로 걸음을 옮기는 모습에 제갈수가 다가왔다.

"어떤가? 경치 좋지?"

"예. 이렇게 서서 의창의 전경을 이렇게 볼 수 있으니 만약 시간대가 노을이 질 시간대라면 더더욱 황혼객잔이라는 이름의 값어치를 하겠군요."

"맞네. 그리고 이곳의 요리 실력도 상당히 훌륭하다네. 무림맹이 있는 의창인 만큼 여러 성의 특색 있는 요리들을 이곳에서 접할 수 있다는 것이 장점이지. 물론 단점도 존재하긴 하네. 호북 요리의 특색이 죽었다는 단점이지. 뭐, 그거야 다른 객잔에서 맛볼 수 있으니까. 크게 상관없겠지만."

지악천과 제갈수가 한창 황혼객잔에서 들어가기 직전

에 무림맹에선 둘이 의창에 도착했다는 소식을 접한 제
갈군은 인상을 찌푸렸다.

'의창에 왔다는 사람들이 왜 소식이 없지?'

둘 아니, 지악천을 맞이한다고 하던 업무까지 멈춘 와
중이었는데 무림맹에 들어섰다는 소식이 없으니 살짝
짜증이 났다.

—제갈수 장로와 지 포두는 현재 황혼객잔으로 들어
섰다고 합니다.

짜증이 났던 제갈군은 그 와중에 은영단주의 전음에
눈썹이 역八자로 휘었다.

"이 망할 놈이!"

그는 제갈수가 지악천을 꼬드겨 황혼객잔으로 밥 먹
으러 갔다는 생각을 할 수밖에 없었다. 어릴 시절에 유
독 식도락에 욕심이 강했던 제갈수였기에. 거기다 무
림맹에 올 때마다 꾸준히 들르는 곳이 황혼객잔이기 때
문이었다.

"직접 가야겠군."

좀처럼 무림맹을 잘 벗어나지 않는 제갈군이었지만,
이번에는 어쩔 수 없다는 듯이 자리에서 일어났다. 사
실 제갈세가 형제들의 입맛은 대체로 비슷했다. 그렇
게 군사전을 빠져나온 제갈군이 곧장 황혼객잔으로 들
어서자 곧바로 점소이가 다가왔다.

"어서…… 엇!"

웅성웅성.

제갈군을 맞이한 점소이는 물론이고 시끌벅적하던 1층이 일순간 조용해졌다. 무림맹의 군사인 제갈군의 갑작스러운 등장 탓이었다.

"제갈세가."

제갈군의 말은 길지 않았다. 하지만 그 말만 가지고도 점소이가 이해하는 데 큰 어려움은 없었다. 이미 점소이들은 실수하지 않기 위해서 누가 몇 층에 있는지 다 공유하고 있기 때문이었다.

"4층입니다."

"꼭대기? 미쳤군. 아니…… 그조차도 검소한 건가?"

점소이의 말에 가볍게 중얼거린 제갈군이 올라가자, 살짝 조용해졌던 주변이 금세 시끌시끌해졌다. 어차피 위층에 볼일이 있다면 이곳에 있는 이들이 관심을 가질 이유가 없었다. 무림에선 괜한 호기심조차 목숨을 내놓아야 하는 일이 종종 있기에. 한편 4층에서 여유롭게 점소이가 가져다주는 음식들을 즐기고 있는 지악천과 제갈수는 기분 좋은 미소가 입에 걸려 있었다.

제갈수는 오랜만에 제대로 된 요리를 즐기고 있다는 미소였다면 반대편에 있는 지악천은 이렇게 맛있는 음식을 처음 먹기에 놀라고 기쁜 미소였다.

'그동안 정말 우물 안에 개구리 같은 느낌이었네. 아예 차원이 다르잖아?'

다섯 가지의 요리가 절묘한 조화를 이루면서 무엇 하나 수준이 떨어지지 않고 오히려 상호보완하며 요리의 맛까지 끌어올리니 대단하다고 할 수밖에 없었다. 진짜 이런 부분은 자신을 이곳으로 데려온 제갈수에게 감사함을 느낄 수밖에 없었다. 하지만 한편으로는 같이 오지 못한 차진호와 백촉 그리고 후포성이 떠올랐다.

'나중에 기회가 있으면 같이 데려와야겠다.'

그렇게 제갈수 때문에 식도락에 눈을 뜬 지악천이었다.

"음? 누가 올라오는 모양인데요?"

그렇게 빠르지도 느리지도 않은 속도로 요리를 즐기고 있던 지악천은 밑에서 올라오는 기척을 느꼈다.

"음? 꿀꺽! 그러네? 근데…… 이런!"

지악천의 말에 제갈수는 입안 가득하게 차 있던 내용물을 씹어 삼키며 말을 하다가 인상을 찌푸렸다. 그 기척의 주인이 누군지 알아챘기 때문이었다. 하지만 그런 말과 달리 제갈수의 손은 더 빠르게 움직이기 시작했다.

마치 먹을 걸 누군가가 빼앗기라도 한다는 듯이.

"왜 그러십니까?"

"작은 형님이다."

"작은 형님? 아…….”

제갈수의 말에 그제야 지악천도 일전에 봤던 제갈군의 기감이라는 것을 알 수 있었다. 당시에는 제갈군보다 무위가 떨어졌기에 잊어버리고 있었지만, 막상 떠올리니 금방 누군지 알 수 있었다. 그리고 이내 계단에서 사람 머리가 보이기 시작했고 이내 제갈군이 완전히 그들이 있는 층에 올라왔다.

"……."

제갈군이 올라왔다는 걸 알기에 지악천은 자리에서 일어났지만, 제갈수는 일어날 생각 따윈 없다는 듯이 앉은 자리에서 계속해서 요리들을 입에다가 쓸어 넣고 있었다.

"오셨습니까. 점심만 먹고 무림맹으로 갈 예정이었습니다."

지악천의 말에 제갈군은 제갈수를 흘겨봤다.

"그런가? 도착했다는 소식을 듣고 와봤네. 어차피 곧장 맹주님이랑 만나고 다른 일도 처리하자면 남는 시간이 그리 많지 않을 것 같으니."

"아, 그러십니까? 그리고 식전이시면 같이 자리하시죠. 음식이야 더 시키면 될 터이니."

지악천은 묘하게 제갈군의 시선이 제갈수에게 향하고 있다는 걸 인지하고 제갈수가 뭐라 말하기도 전에 자리에 앉길 권했다. 그것은 제갈군이 원하던 바였기에 거절하지 않았다.

"사양하진 않겠네."

그렇게 제갈군이 앉기 무섭게 조금 떨어진 거리에서 따라 올라오고 있던 점소이가 빠르게 다가왔다. 제갈군이 그에게 간단하게 주문을 하자, 점소이의 눈이 커졌다가 빠르게 아래로 내려갔다. 그가 점소이에게 시킨 것은 별거 없었다. 앞서 말했듯이 제갈군 역시 황혼객잔의 단골이라면 단골이기에 그저 평소 시키던 대로라는 말을 했을 뿐이니까.

다시금 언급하지만, 무인은 대체로 대식가였다. 그리고 그중에는 미식을 즐기는 사람도 꽤 있는 편이었다.

"그리고 넌…… 됐다."

제갈군은 자신이 옆자리에 앉았는데도 아는 체도 않고 그저 젓가락을 놀리기 바쁜 제갈수를 보며 살짝 노기를 드러내려고 했지만, 지악천의 앞이기에 질책은 뒤로 미뤄야 했다.

"이따가 맹주님 만난 후에 자네가 바라는 대로 상단 두 곳을 소개해주겠네. 그리고 그들도 상당히 반기는 입장이니 좋은 대우를 받을 수 있을 것이네."

제갈군이 소개해준다는 곳은 당연히 금화상련과 만상보였다. 대룡상단과 사해전장을 매입하는 과정에 상당한 자금을 소모했기에 긴축해야 했는데, 지악천이 가지게 될 금자 4천만에 달하는 돈을 맡기기로 했기에. 그리고 대략 770만 냥을 넘는 금자는 이전에 50만 냥의 금자를 맡겨놓았던 천금전장에 맡기로 했다.

"아무튼 계속해서 자네 덕을 보게 되는군. 정말 고맙게 생각하네."

"아닙니다. 어차피 믿고 맡길 곳이 필요하고 무림맹을 등에 업고 맡기는 것이니 저만 좋은 일은 아니지요. 상부상조한다고 생각하시면 될 일 아니겠습니까."

지악천의 말에 제갈군은 만족스러운 미소를 지었다.

달그락, 달그락.

그렇게 지악천과 제갈군이 공치사를 나누는 사이에도 제갈수의 젓가락은 부지런히 움직이고 있었다. 제갈수는 마치 식충이처럼 살짝 몸을 오른쪽으로 틀어 앉은 상태로 열심히 움직이는 그를 보며 제갈군이 말했다.

"적당히 먹어라. 어차피 더 시켰으니까."

"……꿀꺽. 아니까 이렇게 먹지."

제갈수의 말에 지악천과 제갈군은 할 말을 잃었다.

그렇게 점심을 해결한 그들은 다시금 제갈군이 추가로 시킨 음식들까지 전부 먹어치운 후 차까지 마신 후에 자리에서 일어나 밑으로 내려가기 시작했다. 그렇게 밑으로 내려갈 때 아래층에 있던 하북팽가의 일행들도 마침 자리에서 일어났는지 계단으로 다가오고 있었다.

"오호……."

팽가 사람인 사내가 흥미로운 표정으로 다가오는 걸 보곤 제갈군은 가벼운 웃음을 지으며 말했다.

"팽가우 장로. 오랜만이로군. 대충 4년 만인가?"

하북팽가의 장로인 팽가우는 제갈군, 제갈수와 동 배분의 인물이었다. 어릴 때부터 지겹도록 부딪히던 사이라고 할 수 있었다. 특히나 제갈수와 팽가우가 사이가 좋지 않았다.

"저런 멍청이와 대화할 시간이 어딨어? 가자고."

그와 말도 섞기 싫다는 듯한 제갈수의 말에 팽가우의 눈썹이 씰룩였다. "뭐? 멍청이? 이 도로 네 주둥이와 혓바닥을 잘라내 줘야 하겠냐?"

"됐다. 됐어. 너랑 말만 섞어도 으으으 소름이 돋아. 그 멍청함이 옮을까 싶어서."

그런 그들의 모습을 지켜보는 지악천은 눈매가 좁아졌다.

'말을 섞기 싫다는 사람이 계속해서 시비를 걸고 있네.'

정말 딱 애들 싸움 같았다.

"그만하지. 팽가우 장로. 나중에 보세나. 지금은 해야할 일이 많으니."

의창에서 맹주 다음가는 권력은 지금 팽가우의 앞에 있는 제갈군이었기에 굳이 그의 성질을 건들 필요가 없었다. 그리고 팽가우는 제갈군을 오랫동안 봐왔기에 잘 알고 있었다. 괜히 제갈군의 심기를 건드렸다가 골치 아픈 일이 종종 일어나곤 한다는 것을.

"좋수. 다음에. 다음에 봅시다."

그렇게 팽가우가 한발 물러서자, 제갈수가 더 약 올릴까 싶었지만, 자신을 바라보며 악귀처럼 변한 제갈군의 얼굴을 보고선 접을 수밖에 없었다. 그렇게 움직이는 와중에 팽가우는 내려가는 그들을 지켜보던 와중에 셋 중 마지막에 내려가는 지악천과 눈이 마주치는 순간 한순간이지만, 몸이 얼어붙는 듯한 느낌을 받았다.

멈칫.

'뭐, 뭐야?'

한순간이긴 했지만, 지악천과 눈이 마주쳤을 뿐인데 본능적으로 몸이 움직이길 거부한 것이었다. 팽가우 역시 초절정에 닿은 무인이건만, 방금의 반응은 도무지 이해할 수 없다.

'딱히 무인 같진 않았는데 뭐지? 누구지?'

그렇게 자리에 굳은 듯이 생각에 빠져 지악천이 누군지 머릴 굴리고 있을 때 뒤쪽에 있던 그의 일행으로 보이는 청년이 그에게 다가왔다.

"숙부님?"

"음…….."

청년은 재차 팽가우를 불렀다.

"숙부님. 이러다가 늦겠습니다."

"아… 그렇군. 어서 가자."

당연히 처음 봤으니 떠올릴 수 없었던 팽가우는 이내 지악천에 대해서 지워내며 계단을 내려갔다. 무림맹으로 들어선 지악천은 그다지 놀란 모습을 보이지 않았다. 이미 황혼객잔의 난간에서 내부를 내려다봤기 때문이었다.

물론 그렇다고 가까이에서 접하는 모습이 별로라는 뜻은 아니었다. 그만한 거리에서도 충분히 앞서서 감탄스러운 감정을 느꼈을 뿐이었다.

"일단 맹주님부터 독대하게나. 그 후에 기다리고 있

을 그들과…….”

상단주들을 부르겠다는 지악천이 말을 잘랐다.

“아니, 그들을 상대하는 것은 군사님께서 해주시죠. 굳이 제가 그들을 봐야 할 이유는 없지 않겠습니까. 보증할 수 있는 것들만 받으면 됩니다.”

“하지만 만나야 하지 않겠나. 그렇게 할 순 없는 일이네. 적은 돈이 아니니.”

단호한 제갈군의 말에 천금전장의 지부에서의 있었던 일을 떠올린 지악천은 결국 고갤 끄덕일 수밖에 없었다.

“……알겠습니다.”

“그럼, 가지.”

그렇게 제갈군의 뒤를 따라 움직였지만, 둘은 맹주인 원굉을 만날 수 없었다. 제갈군은 그 어이없는 말을 전하는 맹주전을 지키는 이에게 살짝 사납게 물었다.

“뭐? 출타? 갑자기?”

“예. 초대하신 손님에겐 죄송하지만, 기다려 달라는 전언만 남기셨습니다.”

하지만 날카로운 제갈군의 말투가 그는 너무나도 익숙하다는 듯이 마치 책을 읽는 듯 단조로이 말을 할 뿐이었다.

“그럼, 누가 동행했나?”

그 물음에 사내에게 고갤 흔들 뿐이었다.

“맹주님의 전음만 전달만 받았을 뿐 자세한 사항은 모

릅니다. 제갈 군사님."

물론 사내의 말은 너무나도 당연한 대답이었다. 맹주가 미쳤다면 몰라도 그저 지키고 있을 뿐인 그에게 시시콜콜 말할 이유가 전혀 없었다.

"하……."

'정신 나간 땡중. 또 시작인 건가.'

제갈군은 맹주인 원꿍이 무슨 의도를 가지고 이런 기행을 벌였는지 대충 머릿속으로 그려지긴 했지만, 간혹 자신의 예상을 벗어나는 기행을 벌이기에 속단하지 않았다.

"알겠네. 그러면 후에 맹주님이 돌아오신다면 찾으셨던 손님이 기다린다고 전달해주시게."

"예. 알겠습니다."

그렇게 말한 후 제갈군은 돌아서서 지악천을 바라봤다. 그것도 많이 미안하다는 표정으로.

"미안하게 됐네. 일이 이렇게 꼬였군. 일단 돌아가지."

"아닙니다. 어차피 당장 막 돌아가는 데 급급하진 않으니 괜찮습니다."

물론 그런 사실은 앞서 황혼객잔에서 얘길 듣긴 했지만, 이건 원론적인 사과가 필요한 부분이었다.

"…알겠네. 일단은 두 상단주나 먼저 보는 게 빠르겠군."

그렇게 제갈군이 다시금 앞서 걸음을 돌려 군사전으

로 향할 때 지악천의 시선은 그의 뒤가 아닌 다른 곳을 향하고 있었다.

'이 시선의 주인은 무림맹주인가?'

지악천은 자신이 무림맹을 들어설 때부터 먼 곳에서 자신을 주시하고 있는 시선을 느끼고 있었다. 그 시선에 딱히 살기라든가 별다른 적대감이 없기에 그저 자연스럽게 지켜보고 있었을 뿐이었다. 하지만 무림맹주가 갑자기 출타했다는 소식에 시선의 주인이 무림맹주라는 의심을 하지 않을 수가 없었다.

'확실히 무인 중에선 특이한 사람들이 많긴 하네.'

池樂矢

지옥천

第 四 十 六 章 一 원굉

 갑작스럽게 자릴 비운 원굉 때문에 제갈군은 예정보다 빠르게 상단주들을 불러올 수밖에 없었다.
 "어…… 이분입니까? 저희에게 맡기시겠다는?"
 "이런 자리에서 위명이 자자한 분들을 만나게 되어 영광입니다. 지악천이라 합니다."
 살짝 당황한 기색이 역력한 상단주들을 보며 지악천이 먼저 말을 건넸다.
 "아. 금화상련의 방만공입니다."
 "만상보의 장금소입니다."
 먼저 자신을 소개하는 지악천의 모습에 그들도 자연

스럽게 그에 따랐다. 분명 지악천의 행위 자체는 별거 아닌 동작이었는데 묘하게 저절로 따라갔다. 그들이 이런 상황을 인식하지 못하고 끌려가는 모습에 제갈군은 속으로 미소를 지었다.

'본능적으로 따라가는 건가.'

제갈군은 그들의 모습을 보고 높게 평가했다. 단 한 번의 행동이었지만, 상대의 심기를 거스르지 않겠다는 본능적인 행동이었다.

"일단 다들 자리에 앉으시죠. 사실상 큰 세부사항 조율은 이미 끝낸 셈이니 필요한 것들만 작성하고 정리하시죠."

빠르게 진행하자는 제갈군의 말에 두 상단주가 품에서 금패와 종이 뭉치를 꺼내 들었다.

"방식은 알고 계십니까?"

먼저 말을 꺼낸 것은 대룡상단을 받아간 장금소였다.

"대충은 알고 있습니다. 지장과 제가 정한 단어. 그 정도 아닙니까?"

"예. 맞습니다. 물론 귀하의 용모파기와 이름까지도 전 지부에 다 배포될 겁니다."

이미 천금전장에서도 같은 조치를 했기에 부담을 느낄 이유가 없었다.

"그렇게 진행하시죠."

별달리 이견이랄 게 없기에 진행은 신속했다. 그들이 가져온 종이뭉치에 지장을 찍어주고 그 종이에 각 상단

지악천　42

주의 지장을 찍는다. 그 아래에 금패의 문양을 찍고 다시금 지악천이 금패에 표식을 남겨서 한 번도 문양을 찍었다.

"상호 계약 절차는 끝났으니 정해진 금액인 금자 2천만 냥을 그대로 가지고 있으시면 되겠고 아직 넘어오지 않은 나머지 금자는 사전에 얘기된 대로 천금전장으로 누락 없이 보내주시겠죠?"

시작은 상단주들을 향해서였고 마지막은 제갈군을 향한 말이었다.

"이미 그렇게 해놨다네. 여기도 천금전장의 지부가 있으니 돌아가기 전에 확인해보게나."

지악천이 고갤 끄덕였다.

"예. 확인하겠습니다. 그리고 저 먼저 일어나야겠군요."

그러자 셋 다 영문을 모르겠다는 표정을 얼굴을 했다.

"음? 아니, 그게 무슨……?"

먼저 일어난다는 게 예의가 아니기에 제갈군은 그가 더 실수하기 전에 제지하려고 했지만, 군사전으로 들어서는 기척을 그도 그때 느꼈다.

"군사님. 일하시는데 죄송합니다. 손님을 맹주님께서 바로 데려오라십니다."

'그놈의 변덕은!'

맹주가 무슨 생각으로 지악천을 상대로 이러한 기행을 벌이는지 제갈군으로서는 거의 이해할 수 없는 범주의 것이었다.

"…알겠네. 지금은 다른 손님들도 있으니 자네가 안내하게."

"예. 갔다가 다시 들르겠습니다."

"그렇게 하시게."

정리가 대충 끝났다고 자리에서 그냥 일어서는 건 예의가 아니었지만, 무림맹주가 찾는다면 어쩔 수 없었다. 그렇게 지악천이 자릴 뜨자, 두 상단주의 눈이 절로 제갈군에게로 향했다. 그들이 지악천에 대해서 알아보는 데 걸리는 시간은 얼마 걸리지도 않을 일이기에 딱 필요한 만큼만 설명하기로 했다.

"지 소협. 아니, 지악천 포두라고 해야겠군요."

제갈군의 뜬금없는 말에 두 상단주가 동시에 놀란 표정을 감추지 못했다.

"아니, 그게 무슨 말입니까? 포두라니요? 그게 다 저자, 아니 저분의 주머니로 들어가는 겁니까?"

금화상련의 련주 방만공의 물음에 제갈군은 가볍게 고갤 끄덕였다.

"이미 어느 정도 조사를 하셨을 테니 충분히 아실 만큼 아시리라 생각합니다만? 이번 일 자체가 저희가 본질적으로 나서서 암상이라는 흑막을 뒤집어쓰고 있던 대룡상단과 사해전장을 처리하지 않았다는 것은 알고 있지 않습니까."

"그야……."

지악천 44

차마 당신들이 관과 손을 잡고 움직였냐는 말이 입안에서 맴돌았지만, 내뱉진 못했다. 그리고 방금까지 자신들과 대면했던 이는 그쪽의 대리인이라고 생각했다.

"무림맹은 그저 뒤처리만 맡았을 뿐입니다. 바꿔 말하자면 사냥꾼이 사냥한 시체에서 갈무리만 한 겁니다."

제갈군의 입에서 나오는 말은 그들의 상상을 아득히 뛰어넘는 것이었다.

"애초에 그가 암상과 문제가 있었고 그 과정에 다툼이 있었고 그걸 해결하던 과정에서 생긴 전리품 같은 것이죠. 그리고 그 전리품을 그가 소화해내지 못하니 저희가 소정의 수수료를 받고 처리해준 겁니다."

방만공의 물음에 답한 제갈군을 보며 이번엔 장금소가 입을 열었다.

"아니, 그래도… 어찌 한낱 아니, 아니. 포두가 그만한 능력이……."

그것은 너희가 심어 놓은 게 아니냐는 물음이었다.

"장 보주가 생각하는 그런 것은 아닙니다. 그렇다면 되묻지요. 여러분이 그를 마주했을 때 어떻게 생각하셨습니까? 평범하구나 싶으셨습니까?"

둘은 처음 지악천이 본 순간부터 인사하던 모습까지를 떠올리며 고갤 끄덕였다.

"평범했죠. 물론 허리에 찬 검집까지 생각한다면 누군가의 호위인가? 라고 생각할 정도로……."

"그렇군요. 그래서 누군가의 대리인이라고 생각하셨겠군요. 자신의 정체를 드러내고 싶어 하지 않는 누군가를 대신해서?"

제갈군의 말에 둘은 고갤 끄덕였다. 조금 다른 감이 없지 않지만, 맥락만 두고 본다면 크게 다르지 않았다.

그런 둘을 보며 제갈군은 입가에 미소를 그렸다.

"그렇다면 딱 거기까지만 관심을 가지시는 게 좋을 겁니다. 그 이상 파고들어간다면 좋을 게 없지 않겠습니까. 그가 포두든 무림인이든 무슨 상관이겠습니까? 두 분께 큰돈을 맡겼는데."

"……"

자신의 말에 침묵하는 둘의 모습에 다시금 입을 열었다.

"제가 호언장담하지만. 여러분들이 쌓아줄 이자 수준에서 그 돈을 조금씩 빼서 쓸 수는 있어도 한 번에 다 빼서 누군가에게 넘겨주는 일은 없을 겁니다. 거기다 천금전장에만 7백만 냥이 있지 않습니까. 차라리 제가 여러분이라면 굳이 심기를 건드는 일은 하지 않을 겁니다."

제갈군의 말은 듣기에 따라서 협박처럼 들릴 수도 있겠지만, 엄연히 충고였다.

지악천은 자신을 안내하는 사내의 뒤를 따라갈까 왔던 맹주전의 앞에 도착해 있었다.

"안으로 들어가시면 됩니다."

감정의 변화가 거의 없는 듯한 무미건조한 목소리에 지악천은 크게 신경 쓰지 않으면서 안으로 들어갔다. 밖에서 보이는 규모와는 다르게 입구는 딱 하나뿐인 문 앞에 섰다.

"들어오시게나."

약간 장난기가 묻어나는 목소리가 기다렸다는 듯이 들려왔다.

'별종인가.'

가볍게 그렇게 생각하면서 안으로 들어선 지악천이 다시 한 발 내딛으려는 순간 그를 밀어내는 듯한 기파가 밀려오자, 멈춰 섰다. 마치 더는 접근하지 말라는 듯한 기파에 지악천이 그대로 떨어진 곳에 앉아 있는 원굉을 바라봤다.

'뭐 하는 거지?'

지악천으로서도 원굉의 기행은 처음 보는 경우였다. 장난기가 다분했던 신승조차 이런 행동을 보이진 않았다. 자신을 시험하겠다는 의도인지 정말 다가오지 말라는 건지 의도를 파악하지 못했다.

'시험하겠다는 것치곤 너무 약하고, 다가오지 말라는 수준이면 살짝 부족하고 뭐야 도대체?'

한편 그 반대편에 앉아 있는 원굉은 자신의 기파가 미치는 위치에서 딱 멈춰선 지악천을 흥미롭게 바라보고 있었다.

'과연 그대는 어떤 선택을 할 것인지 궁금하군.'

기왕지사 원굉은 지악천이 기파를 넘어서길 기대했다. 하지만 그런 그의 희망은 이뤄지지 않았다.

"다가오지 말길 바라시는 것 같은데 그냥 여기서 말하겠습니다. 그리고 여기서 말을 한다고 해서 안 들린다고 하진 않으시겠죠?"

"……."

살짝 내공까지 운용해 전음을 반대로 펼쳐 소리까지 크게 내는 지악천의 모습에 원굉은 어이가 없었다.

'이거 물건이네.'

맹주전에 들어왔던 대다수는 기파를 무시하고 안으로 들어서기에 주저함이 없었다.

물론 안으로 들어서길 주저함이 없는 이들은 그만한 무위를 갖춘 이들이었다. 그렇지 못한 이들 중에서 지악천 같이 행동했던 이는 단 한 명도 없었다. 더군다나 지악천은 그만한 무위 이상을 가지고 있음에도 말이다. 이러한 지악천의 행동에 원굉은 기파를 거둬들일 수밖에 없었다. 기파를 거둬들이지 않으면 접근하지 않겠다고 하니 이젠 아무 의미가 없었다. 지악천은 그럴 의도가 없었지만, 적어도 원굉은 그렇게 이해했다.

"그냥 가까이 오게나."

가벼운 손짓과 함께 가까이 오라고 하자 지악천은 군말 없이 앞으로 걸어갔다.

"위명이 자자하신 무림맹주를 뵙습니다. 남악현청의

포두 지악천입니다."

지악천의 살짝 원굉은 한쪽 입꼬리를 살짝 올리며 지악천의 말을 되새김했다.

"위명이 자자하더라… 흠흠. 미안하네. 그런 말은 너무 오랜만에 듣는 것이라. 아아. 딱히 질책하려고 하는 말은 아니니 괘념치 말게나. 아무튼, 무리한 초대에 응해줘서 고맙네."

원굉의 말투는 너무나도 평범했다. 그가 가사(袈裟)를 입고 있지 않았다면 중이라고 믿지 않을 정도로.

'이러해서 맹주로 추대된 건가?'

"괜찮습니다."

"시원시원 하구만. 내 군사에게 기반 사정은 대략 보고받긴 했지만, 당사자에게 직접 듣고 싶어서 말이지."

물론 원굉의 말은 말 자체는 충분히 이해할 수 있는 부분이었다. 특히나 지악천은 오랫동안 포두로 일했던 만큼 이런 일이 종종 있었기에 충분히 이해할 수 있는 일이었다.

"그래. 설명해줄 수 있겠는가? 이왕이면 처음부터."

"암상과 어떻게 엮이게 됐는지 말입니까?"

"그렇네."

원굉의 끄덕임에 지악천은 처음 유화상단의 강연과장 호위와의 만남부터 하나씩 차근차근히 이야기를 늘어놓기 시작했다. 물론 그 과정에서 제갈세가와 엮이게 된 것까지 하나도 빼놓지 않았다.

"보고받았던 것들과 다르지 않군. 잘 들었네. 대단하군. 기간만 놓고 보자면 근 2년도 안 되는 사이에 그렇게 강해지다니. 경이롭다는 말도 부족할 정도로군."

말은 그렇게 하지만 목소리는 건조했다. 그렇다고 시기하는 것도 아니었다. 그냥 살짝 관심사가 식었다고 보는 게 정확했다. 애초에 지악천이 정사마 어디에도 속하지 않기도 했고, 제갈군의 보고로 그를 정파로 끌어들일 준비를 하고 있다기에 어떠한 성향을 가졌는지 확인 차 부른 셈이었기 때문이었다.

'생각보다 중도에 가까운 인물이군. 어째서 조사께서 가르침을 내렸는지 이해하기 힘들군.'

원꿩은 무왕과 신승이 지악천의 심성과 재능을 알아보고 미래를 위해서 준비시켰다고 생각했었지만, 말을 들어보니 딱히 그런 것도 아니라는 것을 금방 읽어낼 수 있었다. 그 때문에 의문이 들면서도 한편으로는 관심이 식어버릴 수밖에 없었다. 지악천의 말만 들으면 그가 포두라는 업(業)을 그만둘 생각이 없어 보였기 때문이었다.

"하면 제 설명이 충분한 답이 되었습니까?"

"그렇네. 답 자체는 충분하지. 부족하지 않을 정도로 말일세."

스윽.

충분히 답이 되었다는 원꿩이 자리에서 일어났다.

쿠오오오.

지악천 50

그와 동시에 내공을 끌어올렸는지 묵직한 기파가 지악천을 향해서 밀려오기 시작했다.

"이제 자네에 대해서 알아볼 생각이네. 어떤가?"

자신의 신위를 거침없이 드러내는 원굉의 모습에도 지악천의 표정은 변화가 없었다. 마치 성내는 백촉을 보는 것과 비슷했다.

'거기다 백촉이 더 강해 보이기도 하고.'

물론 그런 말은 아무에게나 쉽게 할 수 없는 말이기도 했다.

"거절하지 않겠습니다."

지악천의 말에 원굉은 마음에 들었다는 듯이 고개를 크게 주억거리며 옆으로 걸어가 큰 창문을 열어젖혔다.

"문으로 나가면 귀찮게 굴 이들이 많으니 이쪽으로 나가세."

그 말과 함께 원굉은 아주 자연스럽게 창틀을 밟고 밖으로 쏟아져 나갔다. 그리고 지악천도 그가 했던 것처럼 밖으로 나갔다. 물론 그들이 그렇게 무림맹을 빠져나갔지만, 그런 사실을 무림맹에 상주하는 인원들이 모를 수가 없었다. 무림맹에 상주하는 이들 중 9할이 무인이고 그중 4할 이상이 절정에서 초절정 무인들이니 모를 수가 없었다.

다만, 맹주의 기행이 하루 이틀 일이 아니었기에 그냥 그러려니 할 뿐이었다. 그렇게 무림맹을 벗어나 의창의 성벽을 빠르게 넘어선 둘은 의창에서 얼마 떨어지지 않은 형문산(荊門山)에 도착할 수 있었다. 그리고 그들이 형문산의 한 터에 도착했다.

이곳은 과거에 나름대로 유명했던 형문파라는 문파가 존재하던 곳이었지만, 지금은 그 성세를 유지하지 못하고 사장(死藏)된 곳에서 원굉과 지악천이 마주보고 있었다.

"이곳은 과거에 형문파라는 문파가 있던 자리라네. 과거에 나름대로 이름을 떨쳤던 곳이기도 했지. 지금이야 보이는 그대로지만."

"그렇습니까."

원굉의 말에 지악천은 폐허에 가까운 모습을 가볍게 둘러봤다. 물론 누가 봐도 건성건성 하는 것에 가까웠다. 애초에 관심이 없는데 주의 깊게 볼 이유가 없었다.

"그냥 그렇다는 거니. 신경 쓸 필요는 없다네."

원굉 역시 지악천의 태도를 지적할 생각은 전혀 없었다. 그저 이곳까지 데려온 상황에 무슨 말이라도 해야 하나 싶어서 한 말에 불과했다. 그리고 그 말이 끝나기 무섭게 원굉이 기질이 변하기 시작했다. 무림맹에서 보여줬던 것과는 차원이 달랐다. 하지만 그조차도 지악천의 마음을 움직이게 만들기에는 무언가가 부족했다. 이러한 지악천의 태도에 그의 자존심이 상할 수도 있었지만, 원굉은 뭐가 그리 좋은지 입가에 미소가 그려질 뿐이었다.

"그렇다고 너무 방심하지 말게나. 내 명색이 무림맹주라는 직에 앉아 있을 만큼의 수준은 될 테니까. 그리고 정말 마음 같아선 자네에게 3수를 양보하고 싶지만, 나보다 더 뛰어날지도 모를 이에게 그렇게까지 하긴 힘들 것 같구먼."

이렇게까지 말을 한다는 것은 진정으로 전심전력(全心全力)을 다하겠다는 말이나 다름없었다. 원굉이 가벼운 마음으로 하는 것이 아니라는 것은 이미 마주했을 때부터 느끼고 있던 지악천이 고갤 끄덕였다.

"알고 있으니 괜찮습니다. 언제든 시작하셔도 됩니다."

"그렇게까지 말해주니 고맙네."

말이 끝나기 무섭게 원굉이 자세를 잡았다. 그 모습을 보던 지악천도 가볍게 자세를 잡았다.

'검을 주로 쓴다고 들었는데 아니었나?'

그렇게 고개를 갸웃거리며 원굉이 먼저 가볍게 주먹을 뻗었다.

후우웅! 쾅!

원굉은 가볍게 시작부터 백보신권(百步神拳)을 펼쳤지만, 이미 기색을 느낀 지악천이 뒤로 물러선 상태였다.

'이게 말씀하셨던 백보신권인가? 생각보다 까다롭겠는데?'

이미 일전에 신승에게 수많은 무공에 대한 파훼법까

진 아니더라도 설명을 들었고 그중에는 그의 사문인 소림의 무공 역시 빼놓지 않고 설명했다. 그 덕에 원꾕이 무슨 무공을 사용할지 틀을 잡아놨기에 당황하지 않으며 피해낼 수 있었다. 그리고 이게 전력을 다한 무위가 아니라는 것을 모르지 않기에 집중력을 끌어올려야 했다. 그렇게 시작된 원꾕의 공세는 좀처럼 멈추지 않았다.

원꾕이 연신 백보신권을 펼치면서 피하고 있는 지악천을 압박하기 시작했다. 거기다가 단지 백보신권만 펼치는 것도 아니었다. 지악천이 앞으로 튀어나올 기색을 보기라도 하는 순간에 아주 절묘하게 탄지공이 날아들면서 뒤로 물러날 수밖에 없게 만들고 있었다. 그렇게 피하기만 하던 지악천이 멈춰 섰고 그 순간 원꾕이 날린 탄지공이 지악천에게 적중되는 것처럼 보였다.

투웅.

지악천에게 적중된 것처럼 보였던 탄지공은 그에게 닿기 직전에 소멸한 것뿐이었다. 그리고 그 모습을 본 원꾕이 가볍게 중얼거렸다.

"……호신강기(護身罡氣)인가."

단순한 호신기로는 자신의 탄지공을 무마시킬 수 없다는 걸 알기에 호신강기라는 걸 단박에 알 수밖에 없었다.

그리고 계속해서 피하기만 하던 지악천이 호신강기를

펼쳤다는 건 제대로 임하겠다는 것으로 해석한 원굉은 다시금 미소를 띠기 시작했다.

단순히 상대를 자극하겠다고 전력이 아니라도 백보신권을 날리고 탄지공까지 쓰는 사람은 원굉뿐일 것이었다.

그렇게 바닥을 박차며 지악천을 향해서 날아든 원굉이 이번에는 탄지공과는 차원이 다른 위력을 가진 일지선공(一指禪功)을 날리며 접근해서 아라한신권(阿羅漢神拳)과 항마연환신퇴(降魔連環神腿)까지 펼치기 시작했다. 그런 원굉의 공세에 지악천은 무형류로 대응하기 시작했다. 지악천의 무형류와 원굉의 아라한신권과 항마연환신퇴가 연신 상대방을 노리고 날아들기 시작했다.

파파파팍! 콰아앙!

양측의 사지가 정신없이 움직이는 순간에도 지악천과 원굉은 절대로 두 걸음 이상 뒤로 물러나지 않았다. 누구도 물러나면 지는 것이라고 하지 않았지만, 서로가 본능적으로 물러서는 순간 밀린다는 판단 때문이었다. 그렇게 밀고 밀리는 형세가 유지되면서 둘의 격돌은 점점 치열해지기 시작했다.

지금 현재 동수를 이루고 있는 이유 중 하나가 지금 원굉이 펼치고 있는 아라한신권과 항마연환신퇴가 어떤 형태를 가졌는지 신승에게서 듣지 못했다면 초반에 밀려났을 가능성이 높았을 정도였다.

쾅! 파파팍!

연신 손발이 부딪히면서 일진일퇴를 거듭하는 중에 유리한 쪽은 단연코 지악천이었다. 시간이 흘러감에 따라서 지악천이 점차 아라한신권과 항마연환신퇴에 익숙해지고 있기 때문이었다. 반대로 특별한 형(形)이 없는 무형류에 원굉은 익숙해질 수가 없었다.

'벌써 무초식에 닿았다는 것인가?!'

물론 그것은 지악천과 손속을 섞은 이들의 흔한 착각이었다. 무형류는 무형이라고 말할 수 있지만, 당사자의 버릇까지 고칠 수 없었으니까.

사람은 자신에게 가장 익숙한 형태의 움직임을 고집하는 특유의 버릇이 있는 법이었다. 물론 그런 버릇을 지악천도 마찬가지로 가지고 있었다. 다만, 지악천의 무공을 경험했던 무왕이 두들겨 패면서 많이 고쳐냈을 뿐이었다.

'더 시간을 주면 밀리겠다!'

그렇게 점차 완숙하게 아라한신권과 항마연환신퇴에 익숙해지고 있는 지악천에게 시간을 주면 안 되겠다고 판단한 원굉이 바로 무공을 바꿨다. 그가 선택한 것은 소림오권(少林五拳)이었다.

호랑이, 용, 표범, 뱀, 학.

달마대사가 다섯 동물의 동작으로 초식을 만들어낸 무공이었다. 본래의 용도는 신체를 단련하는 데 쓰였지만, 몇 대를 걸쳐서 내려오면서 다듬어지면서 위력적으로 변화했지만, 그만큼 난해한 무공으로 변화한 무공이었다.

그렇게 시작은 용권연신(龍拳練神)이었다.

파파팍! 후웅! 훙!

마치 한 마리의 용이 된 듯한 호쾌한 동작으로 지악천에게 달려들어 날카로운 용의 발톱을 휘두르듯이 매서운 기세를 뿜어냈다.

후욱! 훅훅! 촤악!

용권연신의 6가지 초식이 연이어 펼쳐지면서 몰아쳤지만, 코앞에서 요리조리 피해내는 지악천을 잡아낼 순 없자, 바로 표권연력(豹拳練力)으로 기수식을 바꾸며 달려들었다.

후욱! 펑! 탁탁!

용권연신과 같이 6가지의 초식으로 이뤄진 표권연력도 결과적으로 지악천에게 별다른 타격을 줄 수 없었다. 물론 타격을 주지 못했다는 사실에 원꿩은 그다지 실망하지 않았다.

아직 펼치지 않은 무공은 많았고 자신의 본신절기는 나한십팔수(羅漢十八手)였기 때문이었다.

물론 앞서 그가 지악천에게 여러 무공을 선보인 것은 실력을 확인하기 위한 방식에 불과했다.

물론 지악천이 화경에 닿은 고수라는 건 제갈군에게 보고 받아서 알긴 했었지만, 직접 확인하고 싶은 마음이 컸다.

그리고 이렇게 마주해서 손속을 섞어보니 진짜였다.

"후."

실컷 표권연력을 펼치던 원굉이 갑자기 숨을 고르며 뒤로 물러서자, 지악천의 눈에 의문이 떠올랐다.

"이 정도로는 나도 자네도 성에 차지 않겠군. 그렇지 않은가?"

확실히 원굉의 말대로였다.

"가볍게 하신다면 이 정도가 좋고 그렇지 않다면 부족하겠지요."

지악천이나 원굉이나 솔직히 이 정도로 만족하기에는 턱없이 부족했다.

"그러면 상대의 목숨을 거둬가는 수준이 아닌 정도로 해보시겠는가?"

원굉의 말은 지악천으로선 의외였다.

기행을 즐기는 사람이라고만 생각했는데, 이 정도라곤 생각하진 못했다.

물론 지악천으로선 어떻게 끝내도 상관없었지만, 이왕이면 아직도 체감하지 못한 자신의 무위를 검증하는 쪽에 기울어 있었다.

'이왕이면 목숨 걸고 싸울 수 있는 상대라면 더 좋겠지만, 그게 아니라면 차선이라도 택해야겠지.'

"그렇게 하시죠. 하지만 검을 쓰진 않겠습니다."

"흠…… 그렇게 하시게."

원굉은 검을 쓰지 않겠다고 말하는 지악천을 보며 고

민했지만, 답은 의외로 빨리 나왔다.

본신절기는 검법이라고 알고 있는데도 자신의 아라한 신권과 항마연환신퇴의 연계를 완벽하게 받아내는 모습을 봤기 때문이었다.

만약 지악천이 그때 자신에게 밀렸다면 차라리 검을 쓰라고 했겠지만, 사실상 동수에서 자신이 밀리기 직전이었으니 거부하고 말고 할 것도 없었다.

그렇게 원굉은 본신절기인 나한십팔수의 기수식을 취하며 지악천을 바라봤고 지악천은 아까와 같이 가볍게 양팔을 들어 올리며 편한 자세를 취했다.

"본격적으로 시작해보지."

그 말을 하면서 원굉이 이번엔 지악천이 먼저 덤비라는 듯이 손을 까닥거렸다.

그리고 지악천은 그런 원굉의 도발을 거절하지 않았다.

팍!

가볍게 달려들며 몸을 날린 지악천이 바로 그를 향해서 공세를 펼쳤다.

이전까지는 서로의 무위를 가늠해보는 수준이었다면 지금은 전력까지는 아니더라도 힘이 제대로 들어간 공세가 원굉을 압박해 들어가기 시작했다.

쿵! 쾅! 퍼퍽!

이전과는 차원이 다른 충격음이 울렸지만, 원굉은 능숙하게 받아내며 도리어 반격까지 하며 지악천을 도리어 압박했다.

그렇게 연이은 공방이 크나큰 충격음이 연달아서 울리고 있었다.

그러한 상황에서도 둘은 아까처럼 일진일퇴(一進一退)를 거듭하며 상대에게 우위를 주지 않겠다는 듯이 쉴 틈 없이 손발을 움직였다.

콰아앙! 쾅!

지악천과 원굉의 손발이 격렬하게 충돌하는 와중에도 상대방의 움직임을 절대로 놓치지 않겠다는 듯이 눈을 크게 뜨면서 끊임없이 손발을 움직이고 또 움직였다.

그렇게 지악천은 나한십팔수에 조금씩 조금씩 익숙해지고 있었다.

쾅! 주르륵!

지악천과 원굉의 주먹과 손날이 부딪히는 순간 충격파가 사방으로 퍼지면서 둘 다 뒤로 밀려났다.

둘 다 내기를 방출하지 않고 안으로 가다듬고 있기 때문에 생긴 여파였다.

만약 내기를 방출해서 강기를 두르고 싸우기 시작했다면 과거 형문파가 존재했던 자리는 사라지고 없어졌을 것이 분명하다고 봐야 할 정도의 수준이었다.

하지만 이러한 상황 속에도 둘 다 불만족스러움을 대놓고 드러내고 있었다.

지악천은 잡을 수 있을 듯하면서도 계속해서 동수를 이루는 상황이 불만스러웠다.

원굉은 지악천이 점점 자신의 뒤를 잡아낼 듯한 상황이 불만스러웠다.

하지만 원굉은 시간이 흐를수록 자신이 힘들어질 것이란 것을 인지하고 있었다.

그랬기에 단숨에 승부를 내야 한다는 생각은 가지고 있지만, 그렇게 하기에는 지악천의 저력이 만만치 않았다.

그렇게 양쪽 다 불만족스러운 상황에서 계속해서 이어지던 공방(攻防)은 서서히 기울기 시작했다.

촤악! 픽!

지악천은 빠르게 바닥을 쓸어내며 자신의 다리를 노리는 원굉의 다리를 피해냈다.

직후 가볍게 들어 올린 다리를 뻗어 원굉을 밀어내며 띄운 다리가 땅에 닿기 무섭게 땅을 박차며 그에게 달려들었다.

파파팡! 팡!

달려들 듯이 앞으로 날아오르며 앞차기를 연달아 날린 후 곧바로 공중에서 몸을 회전시키며 뒤돌려차기까지 연달아 펼쳐 계속해서 원굉을 밀어내며 압박을 이어가기 시작했다.

물론 직접적인 타격은 없었지만, 지금까지의 공방은 그저 일진일퇴였기에 지금의 상황은 급반전에 가까웠다.

공세에 물오른 지악천은 주먹, 손날, 팔꿈치, 어깨,

무릎, 다리를 가리지 않고 모든 신체를 이용해서 계속해서 위협적인 공세를 이어갔다.

폭풍같이 밀어붙이는 공세에 원굉은 반격하고 싶었지만, 그게 마음 같지 않았다.

지악천의 원굉을 향한 공세 하나하나가 전부 치명상으로 이어질 수 있는 곳만 노리고 들어오고 있기 때문이었다.

물론 실전이라면 한 대 맞으면서 반격을 꾀하겠지만, 그렇지 않은 상황에선 자존심이 허락하지 않았다.

만약 생사결이었다면 정말 살을 내주고 뼈를 취하는 선택을 무조건 하겠지만, 지금은 그렇게까지 할 수 있는 상황이 아니었다.

오롯이 가지고 있는 것으로 해결해야 하는 상황이었다.

'상당히 거칠군!'

할 수 있는 게 한정된 상태에서 지악천의 공세가 노도와 같은 기세로 밀려드니 버거울 수밖에 없었다.

거기다 마치 신체의 모든 부위를 이용해서 연계하는 방식에 적응하기에는 너무 터무니없이 힘든 감이 없지 않았다.

특히나 지악천의 무공들은 무왕과 신승까지도 고개를 흔들며 지악천이 어떻게 그 무공들을 이해하고 있는지 궁금해 할 정도로 난해한 수준의 무공이었다.

그리고 원굉이 이제까지 무수하게 봐왔던 무공들과는

많이 달랐기에 당장에는 막아내기 급급할 수밖에 없었다.

"하합!"

가볍게 돌려차기를 할 듯이 허초를 한 후에 한 걸음 내질러 무릎을 뻗었다.

틱! 휘릭! 쾅!

원굉이 무릎을 막아낼 거라 예상했다는 듯이 지악천이 뒤로 빙글 돌면서 그의 어깨를 뒤꿈치로 찍어 누르려고 했다. 하지만 그조차도 팔을 교차하며 막아냈다.

원굉이 양팔을 위로 들어 올리며 지악천을 밀어내는 동시에 뒤로 물러섰다.

"……대단하군. 나도 이 정도까지 할 줄은 몰랐는데 말이야."

절반 이상 진심이었는데 이렇게까지 밀릴 줄은 예상하지 못했었다. 나한십팔수(羅漢十八手)의 정수까지 쓴 것이 아니더라도 이런 식으로 밀릴 줄은 누가 예상이나 할 수 있었을까. 그리고 서로가 두 수 이상 숨기고 있는 상황에서 밀리는 쪽이 결국 진 셈이나 다름없었다.

"과찬이십니다."

"아니, 과찬이 아닐세. 후……. 아무튼 결판을 내야지."

물러선 채로 말을 하긴 했지만, 원굉의 얼굴은 살짝 붉어져 있었다.

이렇게 물러서서 말을 한다는 그것 자체가 시간을 끌고 있다는 것을 인정한 셈이나 다름없었기 때문이었다.

오히려 그런 부분을 지적하지 않는 지악천의 모습에 부끄러움을 느껴야 했다.

꽈아악.

자신의 치졸함에 분노를 감추지 못한 원꾕이 달려들었다.

지악천과 원꾕이 무림맹을 막 벗어난 시각에 두 상단주와 얘기를 끝낸 제갈군은 한숨 돌렸다는 듯이 크게 한숨을 쉬었다. 그러다가 어느새 다가와 있는 은영단주에 말을 걸었다.

"결국 나갔지?"

"예. 행선지까진 따라붙을 순 없었지만, 나가는 모습은 대부분 확인한 상태입니다."

"대차게 깨지는 모습을 두 눈으로 보지 못한다는 게 참으로 아쉽군. 아쉬워."

"……."

제갈군의 말이 누굴 향한 말인지 은영단주도 잘 알고 있었다.

"아주 이참에 대차게 깨져서 그놈의 기행 좀 그만하고 업무와 무공에 집중하셨으면 좋겠다. 그래야 나도 좀 쉬지. 안 그런가?"

제갈군의 물음에 은영단주는 딱히 답을 내놓진 못했

지만, 그 역시 비슷한 생각을 하고 있었다. 물론 원굉이 원래 그런 사람이라는 것을 모르는 사람이 없긴 했지만 말이다.

"가서 제갈수를 불러오게나. 녀석에게도 해둘 말이 있으니."

그렇게 은영단주가 제갈수를 찾으러 밖으로 나갔다.

그리고 그 시각 제갈수는 유운과 막 마주한 상태였다.

"유운. 넌 알고 있었지?"

자리에 앉기 무섭게 이어지는 제갈수의 물음에도 유운은 그 말에 담긴 뜻을 바로 알아들었다.

"그건 다들 마찬가지 아니었나? 그저 다들 모르는 눈감고 아웅 할 뿐이지."

"그래서 잘했다는 거냐?"

담담한 유운의 반응에 제갈수도 심드렁한 반응을 보였다.

"내가 그렇다고 얘기한 적은 없지 않나? 제갈수. 감정적으로 비약하지 마라. 네가 그에게 붙어 있다는 것쯤은 알고 있으니까. 거기다 그분들까지 나선 마당이기도 하고."

"그걸 알면서 그런 말을 하고 있어?"

"내가 그분들을 존중하는 것과 그를 존중하는 건 다른 문제다. 내가 스승님을 대신해서 빚을 갚은 것과 존중은 별개의 문제 아닌가? 그것까지 자네의 참견을 받을 이유는 없다고 보는데 말이야."

돌려 말했지만, 선을 넘지 말라는 유운의 경고에 제갈수의 눈이 좁아졌다.

"하지만 결국엔 선을 먼저 넘은 건 너와 그의 손에 죽은 송옥자였지. 하지 말아야 할 짓거리를 한 송옥자는 그렇게 당했지. 그런 상황에서 자네라고 다를까? 그리고 자네가 그를 건들 수나 있을까? 아무리 자네가 종남의 기둥이라고 해도 말이야."

지악천의 무위를 모르는 유운의 입장으로선 내심 의아했지만, 콧방귀를 뀌었다.

"아무리 송옥자가 그깟 포두에게 당했다고 한들 나까지 그런 수준으로 보면 곤란하지. 송옥자의 실제 수준은 너도 알고 나도 알고 있을 텐데?"

송옥자를 자신과 비교하는 제갈수의 말에 유운의 눈초리가 사납게 변했다.

"이미 죽어버린 놈과 비교하다니 나를 능멸하고 싶은 거냐?"

"능멸? 능멸은 네가 지금 하는 행동이 능멸이다. 쳐다보지 못할 나무를 오르라고 부추긴 셈이니까. 그리고 너와 송옥자가 오랫동안 해온 행위를 아무도 모르고 있으리라 생각했냐?"

제갈수는 이미 여러 곳을 통해서 송옥자가 어째서 그러한 무모한 기행들을 해왔는지 꾸준히 파고 있었다. 그리고 그 송옥자의 기행이라고 덮어진 것들의 대부분이 흑연과 유운이 있다는 것 역시 파고들어간 상황이었다.

 단지 몇 가지 비는 부분이 있긴 했지만, 지금까지 조사만 토대로 본다면 이제까지 송옥자의 행위는 상식적으로 맞지 않았다. 중도, 사파에서 이름을 날린 수많은 이들의 이름이 흘러나올 때마다 죽거나 행방불명이 됐을 때 무림맹은 크게 신경 쓰지 않았지만, 8인회만큼은 그럴 수가 없었으니까 말이다. 만약 지악천이 포두가 아니었다면 이들의 귀에 들어가 일찍 죽었을지도 모를 일이었을 정도였다.

 "유운. 이제 두 분이 손을 떼신다고 해도 마냥 두고 보고 계시진 않을 거다."

 "흥! 네가 그렇게 말한들 겁먹을 것 같더냐? 네가 그분들을 알듯이 나도 그분들을 알 만큼 아는데? 내 생각대로 되지 돌아가지 않듯이 네 생각 역시 마찬가지일 거다. 어차피 놈은 결국 관인 이쪽에서 더 볼 일이 없겠지. 그쪽의 생리는 네가 더 잘 알겠지만."

 "……."

 유운은 어디서 들었는지는 몰라도 지악천이 무림에 대해서 뜻이 없다는 것을 알고 있는 듯했다.

 유운의 말에 제갈수의 마음속에서 짜증이 올라왔지만 눌러야 했다. 제갈수는 지악천이 무슨 선택을 했는지 무슨 생각을 하고 있는지에 대해서 제대로 아는 바가 없으니 함부로 입을 놀릴 생각이 없었다.

"왜 그러지? 그렇게 아는 척 다 해놓고 정작 가장 중요한 부분에 대해선 아는 게 없는 건가?"

살짝 비웃음 섞인 말에 제갈수의 얼굴이 씰룩거렸다.

"그건 그의 선택이지. 내가 이렇다저렇다 확정하듯이 말할 수 있는 부분이 아니지."

"흐흐! 하하핫! 예나 지금이나 그 어수룩한 언변은 변하지 않았구나. 제갈수."

유운이 시원하게 웃어젖히며 말을 이어갔다.

"항상 현재가 중요한 법이다. 미래? 쿠쿡. 그런 건 앞날이 정해진 이들이나 하는 하품 나오는 개소리지. 안 그래?"

"……."

날이 잔뜩 선 유운의 말에 제갈수는 반박할 수 없었다. 그 또한 과거에 그런 생각을 가졌기도 했었으니까. 하지만 한편으로는 혼란스러웠고 지금의 유운의 모습을 이해할 수 없었다. 그가 알던 유운은 한없이 냉정하면서 객관적인 사람이었으니까.

'어떻게 사람이 이렇게 갑자기 변할 수 있지? 만약 그것이 아니라…… 원래부터 이랬던 건가?'

자신이 유운과 알고 지낸 건 8인회의 자리를 물려받기 이전부터였다. 거의 그 세월만 근 30년에 가까웠으니까.

"제갈수. 나에게 무슨 말이 듣고 싶었는지는 모르겠지만, 네가 원하는 말은 나오지 않을 거다. 어차피 그와 나는 만날 수밖에 없을 테니까."

만날 수밖에 없다는 유운의 아리송한 말에 제갈수는 그저 미간을 찌푸릴 뿐이었다.

콰아아앙! 펑! 퍼억!

"욱!"

지악천의 공세를 받아내는 원굉의 표정은 이전과는 사뭇 달라져 있었다. 둘 다 내기를 외부로 표출하지 않고 내부에 담고 있는 상태에서 공수를 주고받던 상황이 지악천에게 기울기 시작하면서 기량(伎倆)이 가파르게 상승하고 있었다. 동작은 이전보다 월등해졌다고 할 정도로 간결해졌는데 담긴 힘은 이전보다 더 강해졌다.

쾅! 촤르륵!

지악천의 뒤돌려차기를 양팔로 막아낸 원굉의 신형이 뒤로 밀려나기 무섭게 그가 손을 털어내며 충격을 털어냈다.

'정말 미쳤다는 말 말고는 어울리는 말이 없군. 어떻게 사람이 빠르게 변할 수가 있지?'

원굉은 진짜 얼얼한 양팔을 털어내면서도 믿을 수 없다는 듯한 감정을 감출 수가 없었다. 그만큼 가파르게 달라지는 지악천의 모습은 원굉에겐 새로움 그 자체였다.

처음엔 분명 원굉이 좀 더 우위를 점했다면 지금은 거

의 밀리고 있는 판국이었다. 그렇게 되면서 그가 할 수
있는 게 점차 줄어들고 있었다.

파앙! 퍽! 콰앙!

그렇게 원꿩이 팔을 털고 있던 사이에 거리를 좁힌 지
악천의 공세가 쉴 새 없이 이어졌다.

第四十七章 ― 유운

"끄응⋯⋯."

형문산(荊門山)을 내려오는 내내 원굉의 입에서 신음이 흘러나왔다.

"그렇게 아프십니까?"

그런 원굉의 앓는 소리에 결국 지악천이 물었다.

"많이 아프지. 안 아프겠나? 거참 사람이⋯⋯ 쩝."

마음 같아선 타박하고 싶었지만, 제대로 받아내지 못한 자신의 탓도 없지 않았기에 입맛을 다셔야 했다.

계속해서 앓는 소리와 투덜거리는 원굉을 보며 지악천은 실소를 머금었다.

'생각했던 이상으로 재미있는 사람이네.'

나름대로 숨어서 자신을 지켜봤던 것을 포함해서 여러 가지 행동까지 본다면 참으로 재미있는 사람이라고 할 수 있었다. 그렇게 실소를 머금은 채로 원괴의 뒤를 따라 움직이면서 지악천은 눈을 감았다 떴다.

그리고 자신의 상태를 표시해주는 글귀를 확인했다.

[성명: 지악천(池樂天) 별호: 묘(猫)포두, 악귀, 대(大)포두

소속: 남악현청 직책: 포두(捕頭)

무공수위: 화경 내공: 250년

보유 무공

심법: 천원무극단공(天元無極丹功) 7성

검법: 천하오절(天河五絶) 7성

권법: 무형류(無形流) 9성

보법: 환영신보(幻影神步) 8성

신법: 무영비(無影飛) 5성

음공: 육합전성(六合傳聲)

환골탈태(換骨奪胎)

반박귀진(返朴歸眞)]

'무형류가 벌써 9성이잖아?'

원괴과 공방을 주고받는 사이에 단순히 내기와 강기를 외부로 표출하거나 하지 않고 내기를 오롯이 몸 안

에서만 움직인 것과 뭔가 연관이 있는 모양이었다.

지악천이 성장하는 방식은 이제까지 그래왔듯이 깨달음이 아닌 육체적으로 부족한 부분을 체득하는 방향이었기에 그러려니 했다.

무림맹 밖으로 빠져나온 은영단주는 제갈군의 명령대로 제갈수를 찾기 위해서 사전에 붙여둔 이에게 전달받아서 그가 있다는 곳으로 향했다.

"흐음…… 종남파 장문인과 함께 있군."

멀리 떨어진 곳에서 제갈수가 있다는 곳을 지켜보던 와중에 그와 함께 자리한 유운을 확인한 은영단주의 눈이 좁아졌다. 당장 제갈군의 말을 전하는 것이 중요하긴 하지만, 섣불리 종남파 장문인과 대화 중인 상태를 방해할 순 없었다.

'거기다…… 종남파 장문인과는 다르게 제갈수 장로는 심각한 표정이야.'

특히나 종남파는 여타 문파들과는 다르게 빠르게 세대교체를 시작해서 젊은 축에 속하는 유운이기에 제갈수와 같이 있다는 게 이상한 일은 아니었다.

'하지만 둘의 표정이 너무 상반되는군. 대화를 엿듣고 있지만…… 쉽지 않겠군.'

다른 문파와 세가에 비하면 종남파의 규모가 큰 문파는 아니었지만, 장문인답게 주변에 많은 이들이 상주하고 있었다.

'일단 지켜봐야겠군.'

그렇게 멀리서 은영단주가 지켜보는 제갈수와 유운의 대화는 계속해서 이어지고 있었다.

 "만날 수밖에 없다니? 만나면 그를 죽이기라도 하겠다는 거야?"

 "글쎄? 어떻게 될지는 나도 모르지. 하지만 어찌 됐건 내 사부의 은혜를 갚으려면 만나긴 해야 하지 그게 무슨 문제라도 되나?"

 "……."

 유운의 말에 제갈수는 딱히 할 말이 없었다. 8인회 취지를 생각하면 만나겠다는 사람을 말릴 순 없었다.

 남은 사람은 유운과 남은 한 명뿐이었다. 유운을 제외한 다른 이는 몇 년 동안에 계속해서 폐관 수련에 집중 중이기에 연락할 방도가 없어서 다른 연락을 주지 못하고 있기도 했다.

 "왜. 딱히 막을 방도를 찾지 못했나?"

 유운의 이죽거림에도 제갈수는 일단 입을 다물고 있어야 했다.

 계속해서 자신의 신경을 긁으려는 의도에 넘어갈 뻔했다는 걸 인지하고서 말 그대로 이 악물고 참는 중이었다.

 "자넨 내가 그를 만나는 것을 막고 싶은 마음이 크겠지만, 그와 만나고 말고는 그분들도 막지 못할 일이란 것을 알아둬. 어차피 만나야 할 인연이니까. 자네와는 다르게. 그와는 말이야."

계속해서 아리송한 말을 하는 유운의 말에도 제갈수
는 그저 입을 다물고 있을 뿐이었다.

　"그렇게 계속 입을 다물고 싶다면 그만 일어나지. 손
님이 찾아온 모양이니까."

　"음?"

　유운의 갑작스러운 말에 제갈수가 고개를 돌려 주위
를 살펴봤지만, 이렇다 할 사람의 기척은 없었다.

　"다음에…… 아니. 그만 돌아가라. 제갈수. 쉬어야겠
으니."

　유운의 축객령에 제갈수도 딱히 더 말을 섞기 싫었기
에 군말 없이 자리에서 일어났다. 그렇게 제갈수가 밖
으로 완전히 나갔을 때 유운이 손가락을 튕기며 말했
다.

　딱!

　"진양은 어디쯤 왔다고 했지?"

　"예정대로라면 지금쯤 흥산(興山)에 도착했을 겁니
다. 늦어도 내일 새벽쯤에 의창에 도착할 겁니다."

　그 말에 유운이 살짝 머리를 손으로 짚으며 뭔가 생각
하다가 말했다.

　"……그렇군. 이만 쉬겠다. 경계는 최소한으로 하라
고 전해."

　"알겠습니다. 장문인."

　유운을 보며 장문인이라고 한 사내의 시선과 표정에
는 일말의 존경심도 담겨 있지 않았다. 그럼에도 유운

은 아무렇지도 않다는 듯한 표정으로 자리에서 일어나 자릴 옮겼다. 한편 자릴 빠져나온 제갈수의 표정은 썩 좋지 못했다.

'짜증나는군. 객잔에서 술이나 마실까.'

그런 감정을 다스리기보다는 푸는 것으로 결정한 제 갈수가 객잔이 있는 방향으로 움직이려는 순간에 귓가로 전음이 들려왔다.

―군사께서 찾으십니다.

제갈수는 전음의 주인공을 찾지 않았다. 이렇게 종종 자신을 숨기고 전음을 보내는 이들은 많았고, 특히나 제갈수의 현재 수준으로는 은영단주의 위치를 잡아내는 데 어려웠으니까. 제갈수는 객잔에서 술이나 마시려고 했던 생각을 접고 무림맹으로 돌아갈 수밖에 없었다.

그렇게 제갈수는 객잔이 있는 곳으로 가려던 발길을 돌려 무림맹으로 갔다.

치이이익.

작지 않은 모닥불의 열기에 나뭇가지에 꽂힌 피가 뚝뚝 떨어지는 고기가 익어가고 있었다.

"어이쿠! 뒤집어야지. 어서 뒤집게나."

"……."

지악천은 어이없는 눈으로 자신에게 고기를 뒤집으라고 재촉하는 원굉을 흘겨보며 손을 뻗어 고기를 뒤집었다.

'무슨 놈의 스님들이 죄다 고기를 먹고 있냐…….'

물론 고기를 적지 않는 중들도 많이 봤지만, 이놈의 소림사 출신들의 특징인지 이제는 헷갈릴 정도였다.

"아미타불."

나뭇가지에 꽂힌 잘 익은 고기를 왼손으로 쥐고 오른손으로 불호를 읊는 원굉의 모습에 살짝 고개를 흔들며 고기를 씹었다.

"으적으적. 그런데 말이지, 지 대협이라 불러야 하나? 아무튼, 누구에게 원한을 산 적이 있나?"

"아무렇게나 불러주시면 되긴 합니다만, 이왕이면 지 포두라고 편하게 부르시면 됩니다. 그리고 원한 말입니까? 있다면 있겠고 없다면 없긴 한데. 적어도 제가 아는 선에서는 대부분 정리했다고 생각하고 있습니다."

"그런가? 흐음…… 그렇다면 왜 송옥자가 자넬 노렸지? 그리고 당장은 누구인지 말하긴 그렇고 누군가가 무슨 이유인진 모르겠지만, 자넬 노리고 있는 모양이던데."

원굉이 고기를 뭉텅이로 씹어 삼키며 말했다. 지악천은 딱히 떠올릴 만한 인물이 없었다. 애초에 정사마의 총합인 무림에서 아는 이들이라곤 많지 않았으니까.

거기다 대부분의 원한이라고 할 만한 것들은 나름대로 깨끗하게 정리했다고 확신했는데 누군가가 또 자신을 노린다는 말을 들으니 머릿속이 복잡해졌다.

"아아, 뭐 꼭 노린다는 게 목숨을 노린다는 게 아니고 누군가가 지켜보고 있다는 말이니 너무 심각하게 받아들이진 말고 주의 정도만 하고 있게나."

"예. 충고 감사합니다."

"그래도 뭐, 자넬 어떻게 할 수 있을까 싶지만 말이야. 하하핫!"

그렇게 노을이 생겨나기 직전까지 고기를 뜯어 먹던 둘은 빠르게 무림맹으로 돌아갔다. 지악천은 결국 전날 무림맹 내부에서 마련해준 숙소에서 잠을 청한 후 아침에 눈을 떴다.

'찌뿌듯하네.'

전날 원굉과의 여파가 남은 듯한 느낌에 주변에 사람이 없는 것을 확인하고 곧바로 운기조식을 시작했다.

고오오오오.

천원무극단공(天元無極丹功)으로 운기를 시작하자, 주변의 기운들이 천천히 지악천에게로 흘러들어오기 시작했다. 천원무극단공에 집중하고 있는 지악천은 몰랐지만, 그가 운기를 시작한 순간부터 주변의 기운들이 요동을 쳤기에 주변에 머무는 이들을 자극하기에 충분했다.

물론 기의 움직임이 심상치 않기에 누구 하나도 쉽게 진원지를 찾아갈 생각조차 못 했다. 의도치 않게 주변을 자극하며 운기를 마친 지악천이 숨을 고르며 눈을 뜨며 침상에서 내려왔다. 준비된 물에 세면을 끝낸 후 옷을 갈아입고 밖으로 나가기 위해서 문을 열자, 마치 지악천이 나오길 기다렸다는 듯이 앞을 막아섰다.

"귀하가 남악현청의 지악천 포두 맞습니까?"

"……남의 신분을 묻기 전에 자신들이 누구인지부터 말해야 하지 않겠습니까. 뭐, 장소가 장소이니 위협을 하려고 온 것은 아니겠지만."

극히 불친절한 태도에 지악천의 태도도 자연스럽게 삐딱하게 나올 수밖에 없었다. 그리고 그런 지악천의 태도에 당혹스러운 건 그를 데리러 온 이들이었다.

아무리 눈을 씻고 봐도 평범한 포두에 불과한 놈이 자신들을 앞에 두고 거드름을 피우는 것으로밖에 보이지 않았다. 지악천의 삐딱한 태도에 결국 그들은 자신들의 신분을 밝혀야 했다. 굳이 시간을 더 끌어서 주변의 이목을 받고 싶은 마음은 없었기 때문이었다.

"사천의 종남이오. 윗분께서 귀하와 대화를 하고 싶다 하십니다."

'종남이라…… 어제 맹주가 말하던 이들이 이들인가?'

"거절하겠소이다. 얘길 하고 싶으면 사람을 보낼 게 아니고 본인이 직접 와야 하는 게 예의지. 그리고 내가 무림인으로 보이시오?"

지악천이 거절하자 종남파 무인들이 눈을 부라리며 검을 뽑아 들려고 했지만, 한 사내가 팔을 들어 그런 그들을 제지했다.

"우리도 귀하가 포두라는 걸 알고 있소이다. 그래서 앞서서 신분까지 말했지 않소. 다만, 이 자리까지 윗분이 오면 지금보다 더 많은 시선을 끌게 될까 그랬소이다. 귀하가 부름에 응하지 않겠다면 귀하가 장소를 정하면 말씀드리겠소이다."

차분하게 말하는 사내의 말에 지악천도 앞서 말한 것이 있기에 더 튕겨낼 순 없었다.

"좋소이다. 정오 즈음인 오시(午時)까지 황혼객잔 4층에서 기다리고 있겠소이다."

"그렇게 전하겠소이다."

사내는 말은 그렇게 해도 눈빛은 참으로 날카로웠다.

'마치 살귀 같은 눈이네. 사람을 많이 죽여 본 눈이야.'

지악천은 돌아온 후에 저런 눈을 한 사람을 딱 한 명 봤었다. 이전에 지악천의 손에 명을 달리했던 연쇄살인마였던 종도의 눈이 딱 저랬었다.

'그놈까지 떠올리니 왠지 더 느낌이 좋지 않네.'

그렇게 꺼림칙한 기분을 애써 떨쳐내고 제갈군이 기다리고 있을 군사전으로 향했다. 지악천이 군사전으로 걸음을 옮기는 사이에 종남파 무인들은 자신들에게 지악천을 데려오라고 명을 내렸던 이에게 고개를 숙이고 있었다.

"놈이 거절한다고 그대로 수긍하는 멍청이들은 너희

82

들밖에 없을 것이다!"

"……."

그의 말에 사내들은 고개를 숙일 뿐 그 어떠한 변명을 입에 담지 않았다. 굳이 입을 열어서 더 많은 잔소리를 듣지 않기 위해서였다.

"과연 듣던 대로 건방진 놈이로구나. 오시(午時)쯤에 황혼객잔 4층이라, 포두 주제에 주제넘게 돈이 많은가 보군. 알겠으니 그만 돌아가라!"

무림맹을 떠나기 전에 제갈군을 만나러 군사전에 들어선 지악천은 직전에 있었던 일을 그에게 말했다. 물론 이미 그에 귀에 들어갔을 만한 일이었지만, 제갈군은 마치 처음 듣는다는 듯한 모습으로 지악천의 얘길 들었다.

"종남인가……."

제갈군은 어제 종남의 움직임을 주시해달라는 제갈수의 말을 듣고 안 그래도 눈을 늘린 상태였는데 이렇게 반응이 빠르게 나올 줄은 미처 예상하지 못했다. 제갈수에게 연유를 물어보려고 했지만, 그는 그저 지켜보고 이상하다 싶으면 선제조치를 해달라고만 했을 뿐이었다.

그리고 이후에 은영단주가 제갈수와 종남과 장문인인 유운과 대화를 나눴다는 것을 알려왔기에 그저 뭔가 있구나 싶었는데 종남에서 지악천을 데려가려고 했다는 말에 빠르게 머리가 돌아갔다.

'그렇군. 유운과 송옥자는 가까운 사이였지. 그런 송옥자가 지 포두의 손에 죽었으니 궁금했나? 하지만, 그와 관련된 이야기는 각 문파에 전달됐지. 그렇다면 굳이 만날 이유가 뭘까?'

제갈군은 지악천을 앞에 두고 잠시 고심에 빠졌다.

그것을 깨기 싫은 지악천이 침묵을 유지했다.

'이쪽에 대한 사정에 깊지 않은 나보다 더 많은 걸 아는 사람이 고민하는 게 낫겠지.'

그렇게 잠시간의 시간이 흐른 뒤 상념에서 깬 제갈군이 눈앞에 있는 지악천을 다시금 인지했다.

"아…… 미안하네. 앞에 두고 딴생각을 하다니."

"아닙니다. 제가 괜한 소릴 해서 그렇겠죠."

지악천의 말에 제갈군이 가볍게 손을 흔들었다.

"아닐세. 아니야. 내 실수지. 아무튼, 이제 돌아가는 건가?"

"예. 그렇지요. 원래 어제 돌아가려고 했지만……."

"그 부분은 내가 대신 사과하겠네."

"아닙니다. 저도 충분히 이득을 봤으니 괜찮습니다. 그 정도는 별거 아니죠."

"그런가? 그렇다면 다행이네."

지악천은 원굉과의 일을 말했지만, 제갈군은 방금 있었던 종남에 대해서 말한 것이었다.

"그래도 조심하게나. 모두가 깨끗하고 올바른 길만 걷는 것은 아니라네."

"그 정도는 알고 있습니다. 누구나 그렇죠."

"자네도?"

제갈군의 말에 지악천은 살짝 자조 섞인 미소를 지었다. 그런 지악천의 미소에 담긴 의미를 읽은 제갈군도 그와 유사한 미소를 했다.

"누구나 비밀은 있는 법이고 그것이 옳은지 그른지는 본인이 가장 잘 아는 법이기도 아니겠습니까."

"맞는 말일세. 자네 말대로 누구나 비밀을 간직하고 있는 법이지."

그렇게 가벼운 대화를 나눈 후 지악천은 무림맹에서 나와 약속대로 황혼객잔으로 향했다. 그리고 지악천이 무림맹을 벗어났다는 소식을 전해들은 제갈군은 은영단주에게 황혼객잔에 가보라고 할까 했지만, 이내 포기했다.

은영단주가 지악천과 종남의 이목을 속이고 그들이 만날 황혼객잔에 접근하기에는 무리가 있었다.

황혼객잔에 들어선 지악천에게 다가온 점소이는 전날 지악천과 제갈수를 안내했던 그 점소이였다.

점소이는 지악천에게 다가가 바로 물었다.

"오늘도 4층으로?"

그 말에 지악천은 작게 고갤 끄덕이자 다가왔다.

"오늘은 먼저 오신 선객이 있긴 하지만, 쓰시는 데 불편하진 않으실 겁니다."

점소이의 말에 지악천은 선객이라는 말에 그들이 종

남파라고만 생각하고선 고갤 끄덕일 뿐이었다.

"상관없겠지. 음식은 적당한 것으로 3개 정도, 차는 백차로 준비해주고."

"헤헤. 그리 준하겠습니다. 그럼, 올라가시죠."

웃으며 안내하는 점소이의 뒤를 따라 계단을 오르기 시작했다. 점소이를 따라 올라간 2층에는 어제보다 많은 이들이 가득했다. 바로 올라간 3층에는 한 가지 색의 옷을 입고 있는 이들이 자릴 전부 차지하고 있었다.

그리고 그들 중 몇몇은 지악천이 아는 얼굴이었다.

'종남파. 먼저 자리를 선점했다는 건가? 그러면 위에도 마찬가지겠군.'

3층부터 자릴 전부 차지한 것을 보니 위에 있다는 선객도 누군지 뻔해 보였다.

"이쪽입니다."

4층으로 올라가기 무섭게 점소이는 최대한 조심스러운 몸짓으로 지악천을 어제와 다른 자리로 안내했다. 지악천은 올라오기 무섭게 4층에 먼저 있던 선객의 시선이 자신의 등에 꽂히는 걸 느꼈지만, 굳이 내색하지 않고 점소이를 따라서 움직였다. 그렇게 어제와 다른 풍경을 즐길 수 있는 자리에 앉은 지악천은 턱을 괴며 의창(宜昌)을 바라봤다.

저벅저벅.

발소리의 주인공은 당연히 먼저 자릴 잡고 있던 선객이었다. 그 선객은 당연하게도 전날 제갈수와 대화를 나눴던 유운이었다.

"네가 남악현청의 포두인 지악천인가?"

옆자리까지 접근한 유운이 멈춰서서 지악천을 물끄러미 바라보면서 물었다.

"……보통 누구인지 묻기 전에 본인이 누구인지부터 말하는 게 예의가 아닌지 모르겠네."

지악천은 자신의 소속과 이름을 말하는 유운의 목소리에 담긴 적의(敵意)를 느꼈기에 좋게 답하지 못했다.

하지만 유운은 그런 지악천의 말에도 별로 크게 신경 쓰지 않는 듯했다. 마치 네까짓 게 날뛰어 봤자, 자신의 손바닥 안에 있다는 듯한 표정이었다.

"이렇게 직접 보지 않았다면, 네까짓 게 무슨 수로 송옥자를 죽였는지 이해하지 못하고 넘어갈 뻔했군. 역시 이렇게 직접 확인하는 게 가장 확실하지."

송옥자라는 이름에 지악천의 눈이 가늘어졌다. 안 그래도 목소리에 담긴 적의가 계속해서 거슬리는 판국에 송옥자라는 이름까지 거들먹거리니 지악천의 기분이 좋을 리가 없었다.

"당신이 종남파 사람이라는 건 알겠는데…… 아아, 아니지. 어차피 내가 알 필요도 없을 것 같긴 하네. 어차피 오늘 이후로 더 만날 일은 없을 것 같으니까."

유운은 그 말에 웃었다.

"크하핫. 건방지구나. 대(大) 종남파의 장문을 앞에 두고서 말이야."

"그래서 뭐 어쩌라는 말이지? 당신에게 납작 엎드려서 절이라도 해드릴까? 물론 해줄 생각도 전혀 없지만 말이지. 그래서 날 만나고자 한 용건이 뭐야?"

"용건? 그래, 얼굴이나 한번 보고 싶었지. 8인회의 일도 있으니 빚은 갚아야 하니까. 말이야."

8인회라는 말에 지악천의 표정이 굳었다.

"내가 아무런 이유도 없이 너 같은 하찮은 포두 따위를 만나려고 했을 것 같나? 난 그렇게 한가한 사람이 아니다."

"그런 말을 하려면 적의나 숨기고 그런 말을 했어야지."

"하하하하! 적의? 내가 너에게 품은 감정은 적의 따위처럼 하찮은 게 아니야. 살의(殺意)지. 너 하나 때문에 모든 게 틀어졌다. 대(大) 종남파와 내 제자의 미래까지도 말이야. 모든 것이 너 하나 때문에! 모든 게 틀어졌단 말이다!"

파안대소(破顔大笑)하는 유운은 고개를 절레절레 흔들다가 지악천을 날카롭게 노려보며 말했다. 그리고 지악천의 표정 역시 굳었다.

'자신과 종남 그리고 제자가 누려야 할 미래라고?'

만약 지악천이 무림에 대해서 좀 더 빠삭하게 알았다면 지금 유운이 하는 말이 무슨 뜻인지 이해했겠지만, 당장은 좀 추상적인 면이 없지 않았다. 하지만 지금이 대화로 인해 지악천은 한 가지를 확실하게 인지했다.

지악천 88

'그놈이 종남파에 있을 가능성이 있다. 근데 내 앞에서 천기산인(天氣算人) 화문강(華們强)의 유산을 탐냈다는 말을 내 앞에서 스스럼없이 하네? 이자와 연관된 놈일 가능성도 없진 않겠어.'

"그건 당신 문제 아닐까? 당신 스스로 대(大) 종남파라고 말하면서 타인의 유산을 노리는 치졸한 모습이 과연 대(大)라는 말이 어울릴까? 내가 보기에는 소(小)라는 말도 아까울 거 같은데 말이야."

지악천은 대놓고 종남파를 깎아내렸다. 어차피 상대가 적의를 넘어 스스로 살의라고 말하고 있는 상황에서 굳이 비유를 맞춰줄 이유 역시 없었다.

"하찮은 곳에서 굴러먹던 놈이라 예의와 개념조차 없고 겁대가리까지 상실했구나."

"예의? 개념? 그건 당신의 이야기겠지. 예의를 받기 원한다면 그에 맞춰서 행동해야지. 난 그에 맞춰줄 뿐이다. 당신 같은 인간에겐 이 정도가 가장 알맞은 수준이지. 시장바닥에 굴러다니는 하류 잡배 같은 놈과 같은 수준으로 말이야."

고오오오오!

그 말에 자극을 받은 탓인지 유운에게서 폭풍 같은 기세가 터져 나오며 지악천을 향해서 쏟아지며 압박해왔다.

하지만 지악천은 자신을 향한 유운의 기세를 가볍게 흘려내는 것을 넘어 흩어버리면서 기세를 뿜어내며 그를 압박했다.

"!!!"

유운으로선 두 눈이 크게 떠질 정도로 놀랄 수밖에 없
었다. 지악천은 자신의 기세를 가볍게 흘려낸 반면 도
리어 지악천의 기세를 자신을 흘려내지 못하고 대치 중
이었으니까 말이다. 그렇게 믿을 수 없다는 듯이 지악
천을 바라보는 눈엔 불신이 가득했다. 마치 눈으로 네
깟놈이 어떻게? 라는 듯한 말이 담긴 눈이었다.

유운 역시 알려지지 않았지만, 화경의 경지에 올라선
지 어느덧 수년째였다. 그런데 아무것도 아니라고 생
각했던 지악천이 자신과 동등 또는 그 이상이라는 생각
이 들자, 지금까지 보여줬던 여유가 싹 사라졌다.

하지만 두 눈엔 더 욕망이 차오르기 시작했다.

"도대체 뭐냐? 그자에게 뭘 얻었기에 하찮은 놈
이……."

마지막 말은 차마 하지 못했다. 자신의 입으로 지악천
이 화경이라는 사실을 인정하기 싫었다.

으드득.

지악천이 자신과 동등하다는 생각만으로도 부하가 치
밀었다.

'저놈만 아니었으면…….'

사실 유운은 천기산인 화문강이 뭘 남긴 건지도 모르
고 있었다. 다만, 그가 가장 원하는 것은 다름 아닌, 무
왕과 신승에게 배움을 청할 기회였다. 본래 그는 8인회

자체에 회의적이었고 자신의 사부에게 8인회에 대해서 듣고 그에 대한 권한을 넘겨받았을 때부터 많은 욕심을 부리기 시작한 것이었다. 송옥자의 행위도 사실 처음엔 그가 부추겼고 지악천을 죽이고 가지고 있는 모든 것을 빼앗겠다고 할 때도 고의로 방치했다.

하지만 지금은 그런 것은 아무래도 상관없었다. 자신의 눈앞에 있는 지악천의 경지가 화경이라는 사실을 인지함과 동시에 그 모든 것이 분노와 원망으로 바뀌었기 때문이었다.

'만약 놈이 아닌 내 제자였다면! 그렇다면!!!'

그만큼 지악천이 보여준 모습은 대단한 충격이었던 모양이었다. 이런 순간에도 유운은 절대로 이뤄질 수 없는 꿈을 꾸고 있었다. 그렇게 온갖 감정이 뒤섞인 눈으로 지악천을 바라보던 유운은 그대로 돌아서서 아무 말 없이 걸어갔다. 하지만 돌아선 그의 얼굴은 뭐라 형용할 수 없이 괴기스러운 표정이었다.

걸어가는 유운이 향한 곳은 원래의 자리가 아닌 계단이었다. 그렇게 내려가는 유운의 뒷모습을 지켜보던 지악천은 이내 생각에 빠졌다.

'놈이 종남파에 있을 가능성도 있다. 그리고…… 가는 길이 많이 외롭진 않을 거 같네.'

지악천은 유운이 자신이 남악으로 가는 길을 가로막을 듯한 느낌을 받았기에 쉽지 않을 것 같다는 생각을 어렴풋이 했다. 그렇게 생각에 빠진 사이에 점소이는 큰 쟁반에 지악천이 시킨 것들을 가지고 올라왔다.

시간이 흐르고 백차까지 한가로이 음미한 지악천이 값을 치른 후 황혼객잔에서 나왔다. 그러길 무섭게 대놓고 종남파의 무인으로 보이는 이들이 자신을 숨길 생각이 없다는 듯이 지악천의 뒤를 따라오기 시작했다.

"하…… 여러 가지로 귀찮네."

지악천에겐 구파일방(九派一幇)의 한 축인 종남파는 그저 귀찮은 존재에 불과했다. 무림맹이 있는 의창으로 갈 때는 제갈수와 함께였지만, 돌아갈 때는 홀로 남악으로 돌아가면서 지악천은 자신의 등 뒤를 향해서 날아드는 비수를 검집으로 가볍게 쳐내고 있었다.

텅! 텅! 텅!

두두둑!

"진짜 여러 가지로 귀찮게 하네."

그에게 비수를 날리고 있는 이들은 철저하게 거리를 두고 있다곤 하지만, 고작 거리를 두는 정도가 지악천에게 통할 리가 없었다. 앞서 처음에 지악천의 등 뒤로 비수를 날렸던 이들 셋을 잡아서 목을 꺾어놓았다.

하지만 좀 더 떨어진 곳에 있는 이들은 아무런 미동조차 하지 않고 오롯이 그만 바라보고 있었다.

족히 수백은 되는 이들이 마치 사냥감을 몰이꾼이 원하는 장소로 몰듯이 자신들이 원하는 곳으로 지악천이 가지 않을 때만 비수가 날아들었다.

'대놓고 몰이 당하는 입장이니 자신들이 원하는 곳으

지악천 92

로 갈 때까지 누가 죽든 상관없이 계속하겠지.'

물론 처음에 셋의 목을 꺾어서 죽일 때 귀찮아서 전부 죽여 버릴까도 싶었지만, 결국 저들도 누군가가 시켜서 하는 것일 뿐이라는 생각에 다 죽인다는 생각은 접었다.

'근데 도대체 날 어디로 안내하려는 거지?'

이미 지악천은 그들 때문에 물길이 아닌 남하를 시작해서 어느덧 호북과 호남의 경계까지 다다른 상태였다.

호남으로 넘어가 장가계(張家界) 인근을 지나서 좀 더 남하한 후에 넓은 평지를 마주하기 무섭게 계속해서 지악천을 몰던 이들이 물러서는 것을 느낄 수 있었다.

'여기인가? 몰이 장소가?'

한없이 널찍한 평지가 그 위용을 뽐내고 있었다. 그렇게 다시 평지를 가로질러 갈 때 앞쪽에서 자신의 존재감을 감출 생각이 없어 보이는 한 사람의 기척을 느낄 수 있었다. 지악천은 그자를 확인하기 무섭게 기감을 최대한으로 넓히면서 주변에 다른 누군가가 있는지 확인했다.

그리고 자신의 기감에 잡히는 사람이 없다는 걸 확인하고 홀로 서 있는 그에게 다가갔다.

홀로 서 있는 사람의 차림새는 앞서 황혼객잔에서 봤던 유운과 유사한 도복 차림의 사내였다.

"종남파? 역시 정파라고 해도 더러운 짓거리는 하는

건 크게 다르지 않군."

지악천의 비아냥에 종남파 무인으로 보이는 사내는 침묵을 유지했다. 그런 그의 침묵에 지악천은 용건이 없다면 돌아가겠다는 듯이 사내를 마주하고 있던 상태에서 방향을 틀며 말했다.

"사람을 여기까지 몰아왔으면 용건이 있을 거 아닌가? 난 댁들처럼 한가한 사람이 아니라서 말이지."

그 말과 함께 그대로 걸음을 떼려는 순간 사내의 입이 열렸다.

"……미안하게 생각한다."

사내의 말에 지악천은 영문을 모르겠다는 듯이 고개를 흔들었다.

"무슨 개소린진 모르겠지만, 또다시 귀찮게 한다면 주변에 있는 놈들 누구도 살려주지 않을 거다."

말을 하고서 돌아선 지악천이 그대로 자릴 떠나려고 하는 순간 사내가 빠른 동작으로 검을 빼 들어 휘둘러 왔다.

휘이이익!

하지만 그의 검날이 지악천에게 닿지 않았다. 그가 검을 뽑아 드는 소리에 지악천이 곧바로 환영신보(幻影神步)를 펼치며 앞으로 움직였기 때문이었다.

"눈에 뵈는 게 없나?"

지악천의 입장에선 짜증 나기 그지없었다. 초절정 수준에 불과한 이가 자신에게 이빨을 들이대는 것은 물론

이고 경고를 무시하고 검까지 휘둘렀으니까 말이다.

"……."

사내는 더는 할 말이 없다는 듯이 행동으로 보여줬다.

사내는 곧장 천하삼십육검(天下三十六劍)을 이용해서 지악천을 죽이기 위해서 움직였다. 사내의 천하삼십육검이 잔상을 남기며 빠르게 지악천을 향해서 날아들었다.

하지만 지악천은 천하삼십육검의 움직임을 이미 눈이 따라가고 있었기에 상대하는 데 아무런 지장이 없었다.

태애앵! 끼리리릭!

순식간에 검을 뽑아 든 지악천이 사내가 펼치는 천하삼십육검을 가볍게 받아내기 시작했다. 한 치의 물러섬 없이 빠르게 변화하는 천하삼십육검을 상대로 오히려 압도하는 수준의 변화를 보여줬다. 천하오절(天河五絕) 중 천하삼절(天河三絕)에 속한 경(輕), 변(變), 중(重)에서 변화를 적극적으로 이용한 것이었다.

사내가 펼치고 있는 천하삼십육검의 변화가 극심해질수록 지악천의 변화 또한 마찬가지로 변화의 폭이 더없이 커졌다. 아직까진 양측이 대등한 모습을 보여주고 있지만, 실상은 지악천이 그의 원천을 털어가고 있는 것이나 마찬가지였다. 천하삼십육검의 변화무쌍함을 상대하면서 상대의 변화를 받아들이면서 그것을 자신의 것으로 만들고 있었다.

채채채쟁! 태애앵!

수십 합을 겨루면서도 한 치의 물러섬이 없는 공방이 이어지고 있었지만, 사내는 자신이 불리하다는 것을 빠르게 인지할 수밖에 없었다. 일 합 일 합을 부딪칠수록 지악천이 검에서 생겨나는 변화에 자신이 펼치고 있는 천하삼십육검의 변화가 조금씩이지만, 명백하게 밀리고 있기 때문이었다.

"뭐 하는 거냐? 고작 그 정도로 날 죽일 수 있다고 생각했나?"

촤아악!

지금까지 동수를 이루던 사내의 천하삼십육검 변화를 지악천의 천하오절이 뛰어넘었다. 그 증거로 깊진 않지만, 사내의 가슴팍이 사선으로 베어졌다. 하지만 시간이 지날수록 지금보다 더 깊은 상흔을 남기는 건 그리 어려운 일이 아닐 것으로 보였다.

으득.

사내는 동수를 이루던 상황이 급반전하기 시작하자, 결국 다른 검공을 택했다. 그가 택한 무공은 천성쾌검(天星快劍)이었다. 천하삼십육검이 변화라면 천성쾌검은 이름 그대로 빠름을 뜻했다. 그의 천성쾌검과 지악천의 천하삼절이 부딪혔다.

태애앵!

사내의 천성쾌검은 지악천의 천하삼절을 이겨내지 못했다. 지악천은 사내가 검법을 바꿨다는 사실을 인지

하기 무섭게 변의 묘리에서 단박에 중의 묘리로 바꾸면서 대처했다. 그리고 결과적으로 사내에게 또 하나의 상처를 안겨줬다. 이번에도 사내의 가슴팍 다시금 사선으로 길게 상처를 냈다.

"……."

"하. 주제도 모르는 놈이 자신보다 강한 상대도 알아보지 못하는 멍청한 눈까지 정말 가지가지 하는군."

지악천의 말은 신랄한 비난이 아닌 진실이었다. 이미 앞서 유운은 지악천이 화경의 경지라는 것을 확인해놓고도 지악천을 죽이라고 보낸 이에게 그런 정보를 주지 않은 것을 보니, 눈앞에 있는 이는 유운에게 상당히 밉보이는 사람으로 보였다.

'하지만 그건 나랑은 상관없지. 어차피 날 죽이려고 한 것은 변하지 않으니까.'

슬슬 장난을 그만두겠다고 생각했는지 지악천의 검에 뚜렷한 검강(劍罡)이 생겨났다. 검강을 눈으로 확인한 사내의 눈이 크게 떠졌지만, 이미 검강은 지악천의 팔의 움직임을 따라서 움직이고 있었다.

콰아앙! 콰지직! 데구르르.

천하삼절의 중의 묘리를 담은 검에 검강까지 덧씌워지니 그 위력이 가히 대단하단 말밖에 나올 수 없었다. 그리고 지악천의 검강을 직접 몸소 체험한 사내는 거칠게 튕겨나가 나무를 부수고 바닥을 굴렀다.

"쿨럭!"

단 일 합도 아닌 일방적인 지악천의 한 수에 사내는 검은 피를 한 움큼 토해냈다. 검은 피를 토해낸 사내의 눈은 이제 완전히 달라졌다. 처음 지악천을 대면했을 땐 자신이 포식자인 줄 알았지만, 막상 결과를 보니 포식자는 자신의 눈앞에 있는 지악천이라는 사실을 깨달을 수밖에 없었다.

"살려달라는 말은 하지 않는 게 좋을 거야. 내가 무림인들을 상대하면서 느낀 게 그거거든. 살려주면 더 귀찮게 굴어댄다는 거니까. 그리고 아직도 먼 곳에서 대기 중인 놈들도 모조리 죽여서 저승길 길동무로 보내주마."

서슬 퍼런 지악천의 말에 사내는 그저 고개를 숙여 행동으로 말할 뿐이었다.

저벅저벅.

사내의 귓가에 울리는 지악천의 걸음은 의외로 홀가분하게 들려왔다.

'장문인 상대를 잘못 골랐구려. 먼저 가서 기다리겠소이다.'

쏵! 툭!

검강으로 사내의 몸과 머리를 분리한 지악천은 순식간에 그 자리에서 사라졌다. 앞서 말한 대로 저 멀리서 상황을 지켜보고 있는 이들을 처리하기 위해서 움직인 것이었다. 그렇게 그들에겐 그야말로 저승사자가 행차하기 시작했다. 대략 일각(一刻)만에 인근에서 대기하고 있던 이들을 전부 다 처리한 지악천은 검에 묻은 피를 가볍게 털어냈다.

마지막으로 처리한 이의 옷에 남은 피를 닦아내며 검집에 집어넣으려다 뒤로 돌아섰다. 지악천이 돌아선 방향에는 무표정한 유운이 사방에 즐비한 주검들 사이에서 지악천을 날카로운 눈으로 노려보고 있었다. 그런 유운을 보며 지악천은 이죽거렸다.

"생각보다 굼뜨네. 다 죽이기 전에 나타날 줄 알았는데 이들 전부 다 소모품이라 이건가?"

말을 하는 지악천의 얼굴은 누가 봐도 분노를 표출하고 있다고 생각할 수 있을 정도의 표정이었다. 이 또한 유운의 패착이라면 패착일 수도 있었다. 하지만 애초에 유운 역시 지금 죽어 있는 이들을 전부 소모해도 상관없다고 생각했기에 실행한 것이기에 후회는 없었다.

유운은 말없이 상대적으로 거추장스러운 외투를 걷어내며 태을신공(太乙神功)을 끌어올리기 시작했다.

"말도 필요 없다 이건가?"

내공을 끌어올리는 유운의 모습에 지악천도 천원무극단공을 다시금 끌어올리기 시작했다. 동시에 외기로 표출되던 둘의 내기가 한계점에 이르렀을 때 지악천이 쥐고 있는 검엔 검강이 유운의 손에는 수강(手罡)을 머금기 시작했다. 그리고 누가 먼저랄 것도 없이 동시에 땅을 박차고 서로를 향해서 달려들었다.

콰아아아앙!

지악천의 천하일절의 강의 묘리를 담은 검강과 유운의 벽운천강수(碧雲天剛手)가 부딪히자, 바닥에 즐비한 자잘한 수풀과 돌 그리고 싸늘하게 식어가는 주검들이 사방으로 흩날렸다. 그렇게 한순간에 둘의 주변에 깨끗하게 변했다. 그들의 주변에는 바닥의 흙과 굵직한 무게의 돌덩이들만 남아 있었다.

 끼리리릭! 끼리릭!

 검강과 수강이 한 치의 물러섬 없이 대치하고 있지만, 상대적으로 여유가 있는 쪽은 지악천이었다. 지악천은 검을 한 손으로 잡고 있었고 유운의 잔뜩 일그러진 상태로 양손으로 버티는 중이었다. 그렇기에 상대적으로 한 손의 여유가 있는 지악천이 먼저 움직였다.

 "당신 생각보다 훨씬 약하네."

 그 말과 동시에 자유로운 왼손에 내공을 모아 유운을 향해서 장력을 방출했다.

 후웅! 펑! 퍽!

 하지만 그런 지악천의 장력은 무위로 그쳤다. 유운이 버티고 있던 수강을 틀어내면서 지악천이 방출한 장력의 방향이 틀어진 탓이었다. 하지만 그만큼 다른 빈틈을 드러낼 수밖에 없기에 지악천이 그대로 그의 복부를 발로 밀어 쳐냈다.

 "큽!"

 억지로 비틀어서 생긴 틈을 정확히 가격당해 뒤로 밀려난 유운의 표정은 썩 좋지 않았다. 화경이라고는 하지만 지악천의 내공이 그리 많지 않으리라 예상했다.

그런데 막상 부딪혀 보니 그것은 자신의 자만이자, 착각이라는 것을 알 수 있었다. 하물며 지금도 지악천은 중단전에서 끊임없이 내려오는 내공으로 비워졌던 내공이 빠르게 차오르고 있었다. 단박에 힘으로 지악천을 처리하겠다는 유운의 계획은 아무런 소용이 없었다.

지악천이 의창을 떠난 시각에 제갈군은 제갈수의 방문에 눈살을 찌푸리고 있었다.

"넌 왜 같이 안 가고 여기 남은 거냐?"

"상황이 좋지 않아."

"전후 사정을 알아듣게 설명을 하고서 그런 말을 해야 알아들을 거 아니냐."

제갈군의 말에 제갈수는 한참을 침묵했지만 결국 입을 열었다.

"우리 똑똑하신 작은 형님이자, 저명하신 무림맹의 군사님. 내가 사정이 있어 맥락 전부를 설명할 순 없지만, 대충 알아들어먹어 줬으면 좋겠어. 아무튼, 내 생각대로라면 현재 종남은 스스로 멸문의 길을 향해서 움직이고 있다는 것이고 만약 내 생각이 틀렸다면 지 포두가 죽을 거라는 거야. 하지만 난 후자가 될 일은 없다고 봐."

"……종남이 그만한 힘이 없다고 보는 모양이네. 하지만 그조차도 그들의 선택이라는 걸 잊지 마라."

"……"

"안다. 이미 그러한 분위기를 확인했었고, 지 포두와 마찰이 있다는 사실도 보고받았다."

"아니! 그렇다면 왜……?"

"왜 그냥 뒀냐고? 그가 별로 원하지 않는 것 같았다."

제갈군의 말에 제갈수는 할 말을 잃어버렸다.

"원치 않는 일을 굳이 할 정도로 한가하지도 않고 만약 그렇게 했다가 그가 죽는다면 거기까지인 것뿐이 아니겠냐."

어떻게 본다면 냉정한 말이겠지만, 제갈군의 입장에선 딱히 틀린 말이 아니었다.

물론 무림맹을 위해서라면 종남이 무너지는 일은 없게 막아야 하겠지만, 그조차도 방조하겠다는 말이기도 했다.

무림맹에서 아무리 종남이라는 이름이 가지는 무게가 높지 않다곤 하지만 이렇게 쉽게 내칠 이유도 없었다.

"도대체 무슨 생각을 하는 거야?"

"갑자기 궁금해졌거든. 두 분과 너, 죽은 송옥자와 유운 장문인이 무슨 생각을 하고 있는지. 그리고 이번 일로 일어날 결과까지."

말을 하는 제갈군의 눈과 입이 따로 놀고 있었다. 하지만 그런 표정에 담긴 뜻을 그의 앞에 있는 제갈수는 누구보다 잘 알고 있었다.

'빌어먹을. 이미 어느 정도 알아보고 있었구나.'

제갈군이 바보가 아닌 이상 지악천을 중심으로 두고 자꾸 일이 벌어지니 조사하지 않을 수가 없다는 사실을 너무 간과하고 있었다.

시간이 오래 걸릴 수도 있겠지만, 결국 제갈군은 알아낼 것이 분명했다.

그 중심에 천기산인(天氣算人) 화문강(華們强)이 있다는 사실을.

'네가 그런 모습을 보이니 더 조사하지 않을 수가 없겠구나.'

불안한 기색을 보이는 제갈수의 모습에 제갈군은 더더욱 조사를 해봐야겠다고 생각했다.

"종남과 지악천 포두의 일은 사적인 일 같으니 무림맹은 간섭하지 않을 거다. 맹주님에게도 그렇게 하실 테고. 그리고 흐르는 강물에 둑을 쌓아 물길을 막는다고 해서 흘러가는 물이 멈추어지는 게 아니야. 그러니 그냥 참견하지 말고 자연스럽게 흘러가는 대로 내버려 둬."

"……."

제갈수 역시 그런 사실을 모르지 않았다.

콰아앙! 쾅! 쾅! 쾅! 콰아앙!

검강과 수강이 연달아 부딪히면서 평지가 널찍하게 패였다.

휘리릭!

몸을 회전시킨 지악천이 천하이절의 환의 묘리와 천하삼절의 변의 묘리를 연이어 펼쳤다.

후웅, 휙! 휘이익!

유형화된 검강이 정신없이 변환(變幻)이 이뤄지니 검강을 따라가는 유운의 눈도 어지러울 수밖에 없었다.

유운의 시야를 가득 채운 검강이 그를 압박해왔다.

빠르게 눈을 움직여 진짜가 뭔지 찾아내려고 해도 검강이 지나가면서 남기는 기운과 빠르게 변화하는 검세가 그의 감각을 끊임없이 흔들고 있었다.

하지만 그런데도 유운은 포기할 생각이 없다는 듯이 지악천을 향해서 장력을 방출하며 반격을 시도했다.

쾅!

유운의 장력이 지악천에게 닿기도 전에 검강에 가로막혀 무위로 돌아가 버렸다.

하지만 그 순간을 놓치지 않은 유운은 곧장 득달같이 달려들었다.

적어도 유운의 상식으로는 무왕이라도 자신의 시야를 가득 채운 검강을 전부 다 진짜로 만들 수 없다는 것이었다.

'무왕조차도 힘든 일을 이런 쓰레기 같은 놈이 가능할 리가 없다!'

물론 고작 유운 주제에 무왕을 재단한다는 것부터가 웃기는 일이지만, 그는 그렇게 생각했다.

유운의 시야에 있던 수많은 검강이 달려드는 그의 움

직임에 맞춰서 일제히 움직이기 시작했다.

쾅! 콰콰쾅! 촤악! 퍼엉!

유운이 자신을 향해서 날아드는 수많은 검강을 쳐내고 밀어내고 부딪히고 베이면서 지악천과의 거리를 좁히는 데 성공하려는 순간 목소리가 들려왔다.

"멍청이도 당신처럼 하진 않을 거다."

그 목소리가 들려온 방향은 자신의 뒤쪽이었다.

촤아악! 데굴데굴.

"컥!"

지악천은 검강에 정신이 팔린 유운을 보며 얼핏 이형환위(以形換位)로 보일 정도로 빠르게 환영신보(幻影神步)가 아닌 무영비(無影飛)를 펼쳐 그의 뒤쪽으로 이동했던 것이었다.

만약 유운이 자신의 눈에 펼쳐진 수많은 검강에 정신이 팔리지 않았다면 지악천을 놓치지 않았겠지만, 그렇게 됐다면 반대로 펼쳐진 수많은 검강 중에 진짜에 속하는 것들에 당했을지도 모를 일이었다.

그렇기에 유운의 선택은 결과적으론 옳은 선택이었다.

물론 당사자나 지악천이나 이런 사실엔 관심도 없었다.

생각지도 못한 일격을 당한 유운이 재빠르게 지금까지 펼쳤던 벽운천강수가 아닌 다른 무공을 펼쳤다.

지금까진 유운의 기세에 담긴 살기는 그리 짙지 않았

지만, 무공을 바꾸기 무섭게 그에게서 뿜어지는 살기의 농도가 달라졌다.

물론 유운의 손에 유형화된 강기의 색은 그대로였지만, 이렇게 농도 짙은 살기를 맞닥뜨리자 지악천의 표정이 굳었다.

'미친 줄은 알았지만 정말 제대로 미친놈을 줄은 몰랐네.'

우우웅!

빠르게 차오르는 하단전에서 끌어올린 내공이 검을 타고 흐르자, 무왕에게 받은 검이 검명을 토해내기 시작했다.

검명을 들은 유운이 먼저 움직였다.

지악천이 그의 움직임에 맞춰 검강을 뻗자, 유운도 마치 조법을 펼치듯이 손을 뻗어 대응했다.

지이잉! 끼이이잉!

얼핏 보면 지악천의 검강의 끝을 유운이 붙잡고 있는 듯한 모습이었지만, 그렇진 않았다.

지악천의 검강과 유운의 손의 사이에는 공간이 있었다.

어느새 유형화된 유운의 손에 강기가 마치 살아 있는 것처럼 꿀렁꿀렁 움직이고 있기에 생긴 모습이었다.

딱 봐도 정말 기분 나쁜 느낌이 물씬 풍기기에 지악천은 손목을 돌리며 튕겨냈다.

텅!

유운의 기분 나쁜 강기를 튕겨낸 지악천은 눈살을 찌푸리며 유운의 손에서 꿈틀거리는 강기를 바라보곤 거의 본능적으로 고갤 흔들었다.

지악천의 본능이 유운의 꿈틀거리는 강기를 거부했다.

그것도 아주 강하게.

지악천과 유운이 싸우고 있는 시각에 의창에 남아 있던 종남파 무인들이 하나둘씩 모이고 있었다.

"장문인께서 어디로 향했는지 말해라."

종남파 무인들과 같은 복장에 영웅건을 쓴 미남형의 사내가 미간을 찌푸리며 앞에 선 이들에게 묻자, 그들은 눈치를 보다가 사내가 묻는 말에 답했다.

"대사형. 현재 남하 중인 것으로 알고 있습니다."

"쫓는 건 그놈인가?"

"예."

"설마 그놈 하나 잡자고 그 많은 인원을 대동하셨다고? 청인(淸忍) 장로님을 포함해서?"

대사형이라는 그의 물음에 다시금 다들 눈치를 보다가 이내 고개를 끄덕였다.

"……예."

"가자. 왠지 느낌이 좋지 않다."

느낌이 좋지 않다는 대사형의 말에 그들의 표정도 굳었다.

좋은 일은 하나도 못 맞히는 사람이지만, 나쁜 일은 기가 막히게 잘 맞히는 게 자신들의 대사형이기에 재빠르게 움직이기 시작했다.

"만약 대사형 말대로…… 된다면 우린 어떻게 되는 거야?"

그렇게 자신들의 대사형의 뒤를 따라서 움직이던 와중에 한 사내의 물음에 다들 입을 꾹 다물었다.

그 말에 다들 최악의 상황을 떠올릴 수밖에 없었고 전부 다 입을 다물었다.

최악의 상황이 벌어지지 않길 바라면서.

콰아아아앙! 펑! 펑!

다시금 지악천의 검강과 유운의 꿈틀거리는 강기가 맞부딪혔지만, 아무런 결과는 나오지 않았다.

어느새 둘의 손속을 나눈 지 50여 합을 넘어서고 있었다. 그리고 앞서 우위를 점했던 지악천이었기에 더없이 아쉬웠다.

'쉽지 않아. 그리고 저 살기…… 묘하게 거슬리네.'

계속해서 유운과 공방을 이어가는 와중에 우위를 잡을 수 있는 순간순간마다 저 지독하다고 할 정도로 뿜어지는 살기가 지악천의 신경을 계속해서 거슬리게 했다.

그랬기에 더욱 신경이 쓰일 수밖에 없었다.

살기가 거슬린다고 감각을 죽일 수도 없었다.

유운과의 공방전을 이어갈수록 지악천의 신경은 날카로워졌고 그것은 이내 실수로 이어졌다.

촤아아악!

빈틈을 놓치지 않은 유운의 강기가 지악천의 가슴팍을 쓸어내렸다.

강기가 가슴을 쓸어내렸지만, 다행스럽게도 깊게 파고들지 못한 탓인지 얕은 상흔이 생겼다.

앞섶이 넝마가 되어버렸지만, 이 정도로 끝낸 것이 참으로 다행스러운 정도였다.

만약 유운의 강기가 최소 손가락 반 마디가량만 깊게 들어왔다면 거의 치명상에 준하는 수준의 타격을 받았을 것이 분명했다.

넝마가 된 앞섶을 손으로 쓸어내린 지악천은 손에 묻은 피를 보며 인상을 찌푸렸다.

"……."

그 피를 본 순간 지악천은 분노보다 짜증이 솟구쳤다.

'하…… 진짜 병신이라고 해도 할 말이 없는 실수를 했네.'

유운이 잘 노린 것도 노린 것이지만, 그 빈틈을 만든 것이 결과적으로 자신의 탓이 가장 컸기 때문이었다.

촤아아악!

결국 사실상 넝마가 돼버린 상의를 잡아 찢어버리며 지악천의 눈빛이 가라앉았다.

상대가 살기를 남발하든 말든 자기 할 일에만 집중했

어야 한다는 것을 다시금 깨달았다.

"후우……."

숨을 길게 내뱉으며 여전히 미친 듯이 살기를 뿜어대는 유운을 바라봤다.

"넌 꼭 죽여준다."

지악천의 태도가 바뀐 걸 유운도 느낀 탓인지 한층 신중해진 듯했다.

그만큼 지악천의 기세부터 모든 것이 뒤집어졌다.

지악천이 여유로움을 버리자, 유운은 지금까지 봐왔던 사람과 같은 사람인지 의심할 정도로 달라진 모습에 경계심을 가질 수밖에 없었다.

양측의 태도가 뒤집어졌다고 봐도 무방할 정도의 모습이었다.

그런 상황에서 먼저 움직인 쪽은 지악천이었다.

빠르게 환영신보를 펼치며 장력을 방출하는 순간에 천하일절의 탄의 묘리가 담긴 검강을 거의 동시에 뿌렸다.

쾅!!! 콰콰콰콰쾅!!!

지악천의 선수에 유운은 장력과 날아드는 검강을 받아치려고 했지만 소용없었다.

장력은 자신의 강기로 어떻게든 버텨냈다.

하지만 뒤이어 날아드는 검강을 받아낼 재간이 없기에 피하려고 하는 순간 날아오던 검강이 터지면서 폭발에 휘말리며 뒤로 강하게 밀려나 버렸다.

"큽!"

앞서 지악천이 보여줬던 힘과는 거의 한 단계 이상 강대해진 기운이 검강에 담겨 있었던 것이었다.

유운으로선 이해하기 힘든 측면이 강했다.

'이만한 힘을 숨기고 나를 상대했다고? 이런 개같은!'

유운은 지악천이 자신을 상대로 놀았다고 생각했는지 상대를 자극할 진득한 살기를 뿜어내기 시작했다.

하지만, 이미 그런 살기에 관심을 끊고 유운이라는 본질에만 집중하는 지악천에겐 아무런 소용이 없는 행위에 불과했다.

우웅. 우우우웅!

지악천이 쥐고 있는 검에서 검명과 동시에 한층 더 뚜렷해진 검강이 자신의 존재감을 뿜내기 시작했다.

그런 모습을 본 유운의 등에는 식은땀이 흘러내리기 시작했다.

당장 지악천의 검강에 담긴 힘을 느낀 것이었다.

'저것이…… 전력이라는 건가?'

물론 그것은 유운의 착각이었다.

이조차도 지악천의 전력이라고 할 수 있는 상태가 아니었다.

지악천은 그저 하단전에 있는 내공을 쓸 뿐이었다.

중단전의 내공이 치환돼서 하단전이 채워지는 것 말고는 사실상 오롯한 중단전의 힘은 단 한 번도 쓴 적이 없었다.

만약 지악천이 지금, 이 순간에 중단전의 운용법을 제
대로 깨닫는다면 유운이 지금 이 자리에 서 있을 확률
은 극히 소수에 불과할 것이 분명했다.

지악천이 달라진 검강을 휘두르자, 유운도 전력을 빠
르게 끌어올리며 대응했다.

여기서 물러서는 모습을 절대 보여주면 안 된다고 생
각한 모양이었다.

쾅!!! 끼리리릭! 퍼어어엉!

한층 강력해진 지악천의 검강과 유운의 강기가 부딪
히는 순간 유운은 깨달았다.

'빌어먹을!'

단 한 번의 격돌에 자신이 밀린다는 것을 인지하고 몸
을 빼려고 했지만, 지악천은 그런 여지를 주지 않았다.

콰콰콰콰쾅!

연이은 지악천의 검격에 주변을 휩쓸면서 나가는 검
강이 유운의 정면을 향해서 날아들었다.

콰아아앙!

묵직한 검강을 받아낸다는 생각보다 쳐내거나 흘리겠
다는 생각을 했던 유운은 갑자기 자신의 앞에서 터져버
리는 검강의 폭발력을 버티지 못하고 바닥을 굴렀다.

"커헉!"

이것은 지악천이 격공장을 응용한 방법이었다.

오롯이 지악천만이 가능한 방식이었다.

이보다 상위 수법인 검환이 존재하지만, 검환을 당장

지악천이 쓸 수 있는 것이 아니었다.

그러한 상황 속에 지금 지악천이 보여준 방식은 정말 색다른 방식이었다.

일종의 장력을 방출하는 방식을 검을 가지고 보여준 것이었다.

보통 혹자들이 말하는 검은 손의 연장선일 뿐이라는 것을 제대로 실천한 셈이었다.

지악천에게 예상치 못한 일격을 당한 유운이 한쪽 무릎을 꿇은 상태로 고개를 들어 지악천을 죽여버리겠다는 듯이 노려봤다.

하지만 그 눈을 마주보는 지악천에겐 두려움 같은 감정은 들어 있지 않았다.

지악천의 두 눈은 북해(北海)처럼 차갑기만 했다.

"후욱후욱."

아직도 몸을 일으키지 못한 유운이 호흡을 고르면서 지악천의 움직임에 집중했다.

그 순간에 지악천은 한참이나 떨어지긴 했지만, 뒤쪽에서 빠르게 접근하는 이들의 기척을 느꼈다.

'남은 잔당들인가? 더 빨리 결착을 봐야겠군.'

지악천은 시간을 끌게 된다면 유운이 빠져나갈 수 있다고 판단하면서 아직도 같은 자세로 있는 유운을 향해서 달려들었다.

한편 지악천에게 기척을 감지당한 이들은 의창에서

빠져나온 종남파 무인들이었다.

그들은 빠르게 종남파의 표식을 따라서 움직이던 중 가장 앞서 있던 그들의 대사형이 뒤쪽으로 멈추라는 수신호를 보냈다.

—혈향이다.

그의 말에 다른 이들도 주의를 기울이며 걷기 시작했다. 그리고 이내 혈향의 진원지를 알아낼 수 있었다.

"……무슨 사달이 벌어져도 단단히 벌어진 모양이다."

그들은 이 짙은 혈향의 주인이 누구인지 알 수 있었다.

짙은 혈향의 주인은 참혹하게 죽어 있는 동문수학하던 사형제들이었다.

"대사형……."

"왜 다른 분들이 너희들을 남겼는지 알겠다. 너희들은 주변에 표식만 남기고 전부 다 돌아가. 이제부턴 나 혼자 간다."

대사형의 말에 다른 이들은 침묵으로 반항했다.

"너희들 중 나나 다른 사형제들보다 강하다면 얼마든지 데려가겠다. 하지만 아니라면 잠자코 내 말대로 해라."

착 가라앉은 대사형의 말에 다른 이들은 입을 다물 수밖에 없었다.

그의 말대로 애초에 의창에 남았던 이들은 비교적 무

위가 떨어지거나 어린 축에 속하는 이들이 많았기에 어쩔 수 없는 측면이 컸다.

그렇기에 대사형이라는 이의 말에 반박할 수 없었다.

"그러니 돌아가라. 만약 문제가 생겼다면 너희라도 살아서 본 파로 돌아가야 한다."

그의 말에 대다수의 종남파 무인들이 복잡한 감정이 담긴 표정으로 입술을 깨물며 억지로 고개를 끄덕여야 했다.

"대사형 꼭……."

차마 말을 끝내지 못했지만, 그 말에 담긴 의미는 충분히 그에게 전달됐다.

"돌아가서 기다려라. 돌아갈 테니까."

그런 그들에게 차분하게 대답을 한 대사형이란 인물이 땅을 박차며 하늘로 솟구쳤다.

그야말로 뒤따르던 이들을 위해서 이제까지 조절해왔지만, 지금은 한시가 급했다.

"……인근에 표식을 남겨라. 나중에 잊어버리지 않게."

끼리리릭! 쾅!

"크으흡!"

한 번 부딪힐 때마다 유운의 신형이 급격히 흔들렸다.

수많은 무공으로 나름대로 잘 버티곤 있지만, 그것도 이제 얼마 남지 않았다는 걸 잘 알고 있었다.

유운이 다른 무공으로 전환해도 지악천은 곧잘 반응하고 빠르게 응수하기 시작하니 답답하기 그지없었다.

처음에는 그저 비천한 놈이라고만 생각했지만, 이제는 지악천이 너무 크게 보였다.

그만큼 지금 지악천이 유운을 상대로 보여주는 모습은 압도하고 있진 않지만, 실질적으로 압도하고 있었다.

유운의 수많은 무공을 격파하고 있으니 압도하고 있다는 말은 딱히 틀린 말은 아니었다.

다만, 결정적인 한 방을 제대로 먹이지 못하고 있다는 부분이 가장 아쉬운 부분이었다.

이건 단순히 경험적인 측면보다 유운의 능수능란함이 컸다.

유운이 멍청한 사람이었다면 사실상 몇 합도 버티지 못하고 지악천의 검강에 죽었겠지만, 그렇지 않기에 지금까지 살아있는 것이었다.

종남파의 무공이 아님에도 빠르게 전환되는 무공들의 조화는 지악천이 아닌 다른 이들이 봤다고 해도 경이롭다고 생각할 수 있는 수준이라고 할 수 있었다.

물론 그것을 가장 크게 느끼는 것은 다름 아닌 지악천이었다.

'저런 부분은 충분히 배워둘 만하겠네.'

당장 유운과 같은 모습을 보일 순 없겠지만, 차후 참조하는 데 많은 도움이 될 것 같았다.

천하일절의 유(流), 천하이절의 쾌(快), 천하삼절의 변(變)을 연달아 펼치며 유운을 다시금 압박하기 시작했다.

연달아 상단, 좌측면, 정면을 노리면서 유운의 정신을 분산시킨 지악천은 정면으로 찔러 들어가는 검강을 피해서 몸을 틀어내는 그를 향해서 장력을 방출했다.

그리고 그것은 아직 몸을 틀어내며 중심이 흐트러진 유운을 향해서 제대로 날아갔다.

쾅! 후두두둑. 벌떡!

지악천의 장력이 유운을 맞추며 터져나가자, 폭발력을 버텨내지 못한 유운이 그대로 뒤로 튕겨나가며 바닥을 구르며 쓰러졌지만, 이내 벌떡 일어났다.

벌떡 일어난 유운의 얼굴은 굳은 상태로 새빨갛게 달아올라 있었다.

지악천에게 일격에 당해서 얼굴이 붉어졌지만, 그것과는 별개로 서서히 지악천이 변칙적인 움직임을 보여준다는 것에 심각해진 것이었다.

그렇게 그런 유운을 향해서 지악천이 먼저 움직였다.

슈웅! 쾅! 샤샥! 샤샤샥!

지악천은 검강을 휘두름에 있어 상대를 제압 또는 치명상을 입히기 좋다는 말밖에 할 수 없는 군더더기 없이 깔끔한 검로를 선보이며 연신 유운을 압박하면서 다시금 빈틈을 노렸다.

반대로 유운은 지악천의 검로를 피하면서 다시금 빈

틈을 주지 않고 오히려 반격하겠다는 듯이 연신 공세를 날리는 지악천은 잊지 않고 있었다.

멀리서 다가오던 이들이 무슨 이유인진 모르겠지만, 한 명으로 줄어서 빠르게 이곳으로 오고 있다는 사실을.

第四十八章 ─ 조우

쾅! 쾅! 펑!

홀로 달려오고 있는 대사형이라 불린 사내는 미약하게 들려오는 폭음을 몸을 움츠렸다.

최대한 감각을 곤두세우며 왔는데도 까마득하게 먼 곳에서 들려오는 폭음은 그를 일순간 주저하게 했다.

그는 안 그래도 이곳으로 오는 내내 종남파의 수많은 사형제의 주검을 봐왔기에 심신이 지친 상태였다.

'도대체 무슨 일이 벌어지고 있는 거지?'

그는 도대체 지금 상황을 이해할 수 없었다.

의창에 공적이나 종남파의 주적이 나타났다는 이야기

를 들은 적이 없는 상황인데도 여기까지 오는 중간중간에도 많은 사형제의 싸늘한 주검을 보기 싫어도 볼 수밖에 없었다.

　게다가 멀리 떨어진 곳에서 들려오는 폭음은 도무지 무슨 상황이 벌어지고 있는지 전혀 판단할 수 없는 상황이었으니까 말이다.

　쾅!!!

　움찔!

　다시금 큰 폭음이 그가 있는 자리까지 들려왔다.

　꿀꺽.

　'사부님…… 도대체 이게 무슨 일인 겁니까?'

　그는 침을 삼키며 자신의 사부이자, 종남파의 장문인인 유운을 떠올리며 차마 떨어지지 않는 다리를 억지로 움직여 폭음이 울리는 방향으로 천천히 나아갔다.

　"크아아악! 죽여버리겠다!"

　지악천의 연이은 변칙적인 움직임에 속아서 그런지 유운의 상체에는 이제 넝마 조각조차 남지 않았다.

　지악천처럼 상체를 드러낸 상태가 된 것이다.

　하지만 두 사람의 상체에 드러난 상처의 수는 압도적으로 유운이 많았다.

　유운이 움직이는 순간에도 상처들에서 흘러나오는 피가 적긴 했지만, 그것이 방해요소가 되진 않았다.

　그리고 유운은 자신의 상처들에서 흘러나오는 작은

핏방울들을 아주 잘 활용하고 있었다.

투웅!

팔을 휘두르면서 핏방울에 내력을 담아 지악천에게 날리면서 암기로 적극적으로 활용했다.

티티팅!

물론 유운이 날린 핏방울들은 지악천이 막는데 별달리 어렵진 않았지만, 그가 공세를 펼칠 때 연계가 끊길 수밖에 없었다.

그것은 유운에게 작은 여유가 생긴다는 것과 같은 말이었다.

그리고 그 여유는 지악천을 향한 공세로 바뀌었다.

유운은 자신이 가진 모든 걸 사용하는데 일말의 주저함도 없이 다시금 핏방울을 암기처럼 사용해서 지악천을 향해서 날리며 몸을 날렸다.

포포폭!

지악천은 자신의 다리를 향해서 날아드는 핏방울을 뒤로 물러나며 피하기 무섭게 달려드는 유운의 자세를 보고 그의 무공이 또다시 바뀌었다는 걸 알 수 있었다.

'도대체 무공을 몇 개나 아는 거야?'

지금 유운이 펼치려는 무공은 단마류(斷摩流)라고 불리는 과거에 거의 천하제일인에 근접했다고 불리는 단마(斷摩)라고 불린 이가 창안한 무공이었다.

유운이 이 무공을 습득한 계기는 별거 없었다.

이제는 과거에 송옥자가 빼앗고 유운과 같이 연구하

第四十八章 - 조우 123

며 익혔던 많은 무공 중 하나일 뿐이었다.

이 단마류의 특징은 이름 그대로 근접전에 있었다.

최대한 붙어서 상대의 움직임을 사전에 끊어내듯이 단절시키는 것이 단마류의 기본이자, 끝이었다.

텅! 투우웅!

유운은 자신을 향해서 날아드는 검로를 단절하듯이 막아냈다.

지금까지 단마류를 왜 쓰지 않았는지 이해하지 못할 정도였다.

하지만 부딪히는 횟수가 증가할수록 지악천은 그가 왜 지금까지 이 무공을 쓰지 않았는지 금세 파악할 수 있었다.

'극한의 방어를 추구하는 무공이구나.'

지악천은 몇 번 손속을 섞지 않았지만, 단마류의 약점을 금세 파악할 수 있었다.

한쪽으로 너무 치우친 나머지 상대방이 자멸하지 않는 이상 승기를 잡기 힘든 무공이었다.

특히나 이렇게 극단적인 접근전이 아니면 쓰기 힘든 무공이라는 걸 알 수 있었다.

'그렇다면 방법은 의외로 쉽겠네.'

의외로 극단적인 접근전에서 갑자기 거리를 벌리는 것은 그리 녹록한 일은 아니었다.

지악천이 뒤로 빠지려는 기색만 보이면 귀신같이 붙어왔기 때문에 거리를 벌릴 방법이 필요했다.

지악천 124

하지만 지악천에겐 아주 적절한 방법이 있었다.

퉁! 쓰웅! 우웅!

지악천은 한 손으로 검강을 휘두르면서 남은 한 손으로 장력을 방출하고서 곧장 한 번 더 장력을 방출했다.

하지만 전자는 진짜 장력이었고 후자는 격공장이었다.

지금같이 억지로 접근하려는 이에게 가장 어울리는 함정이자, 공세에 어울리는 방법이었다.

파아앙!

지악천의 의도대로 유운이 검강을 받아내고 장력을 측면으로 밀어내며 벌어지려는 거리를 줄이려는 순간 꺼림칙한 느낌에 뒤로 물러섰다.

그러자 허공에서 공기가 터지는 소리가 울렸다.

그리고 다시금 이를 갈았다.

지악천의 깜찍한 함정에 걸려 거리가 벌어져 버린 것이었다.

물론 그 느낌을 무시하고 접근했다면 더 큰 피해를 받았겠지만, 이렇게 떨어진 이상 단마류로는 더는 힘을 쓰기 어려워졌다.

벌써 지악천을 상대로 그동안 빼앗은 수많은 무공을 펼쳤지만, 그 무엇 하나 우위를 점한 것이 없었다.

그런 사실이 점점 유운의 목을 조여오기 시작했다.

그가 알고 있는 무공들이 슬슬 바닥을 드러내기 시작했기 때문이었다.

우우우웅!

그런 유운의 감정이 어떻든 상관없다는 듯이 지악천의 검강이 더 뚜렷한 빛과 동시에 반장(半丈) 정도의 길이로 길어졌다.

유운의 입장에선 지악천의 샘물처럼 계속해서 솟아나는 내공에 이가 갈렸다.

'놈의 내공은 무한한 샘물인가? 미쳐버리겠군.'

자신은 점점 지쳐 가는데 지악천은 그런 기색조차 없었으니 화가 났다.

어느새 지악천과 유운의 합은 아무리 적게 잡아도 500합을 넘어선 상태였다.

그런데도 자신은 피로감을 느끼고 있는데 지악천은 아무리 봐도 멀쩡했으니 답답하지 않을 수가 없었다.

지악천은 중단전에서 내려와 화수분처럼 차오르는 하단전의 내공을 사실상 맘껏 쓰는 중이니 내공의 부재로 인한 피로감은 극도로 적은 상태였다.

이런 무식한 방식이 가능한 것은 역시 천원무극단공(天元無極丹功)의 힘이었다.

지악천이 뭔 짓을 하든 상관없이 끊임없이 주변의 기를 끌어 모아 빠른 속도로 중단전에서 정제하고 그것을 다시 하단전으로 밀어 넣는 일을 끊임없이 하고 있었다.

그것을 지악천이 알든 말든 상관없이 이뤄지고 있는 일이었다.

물론 그런 사실을 지악천이 원하지 않을 이유도 없고 알게 된다면 오히려 좋아할 일이었다.

지악천은 그저 이런 현상들이 화경에 올랐기에 가능한 일로 이해할 뿐이었다.

우우우우우웅! 우우우웅!

충만함을 넘어 엄청난 양의 내공이 검을 타고 검강으로 변환되기 무섭게 검이 울음을 토해내기 시작했다.

하지만 그 검명은 고통스럽다는 울음이 아니었다.

오히려 기쁨이 섞인 듯한 느낌이 강했다.

'보기보다 검을 험하게 쓰셨구나.'

지악천은 검명을 듣고서 전 주인이었던 무왕이 어떻게 검을 써왔는지 알 수 있었다.

지금 지악천이 밀어 넣는 내공이 최소 정량이라고 할 수 있었다.

그렇다면 지악천이 선택할 일은 당연히 더 많은 내공을 밀어 넣는 일이었다.

우우우우우우우웅! 우우우우우웅!

마치 커다란 심장박동이 울리듯 거침없이 울리는 검명에 유운의 안색이 파리해졌다.

바로 전까지의 검강보다 더 길어지고 색이 밝아지다가 이제는 점점 투명해지기 시작한 것이었다.

'위험하다!'

유운은 지악천의 검강의 모습을 보고 시간을 더 준다면 자신의 안위를 지킬 수 없을 거란 생각을 할 수밖에 없을 정도로 무시무시한 기운이 검강에 담기기 시작했다는 걸 느꼈다.

"놈!!! 죽어버려라!!!"

그렇게 위험을 직감한 유운이 많지 않은 내공을 손으로 끌어올림과 동시에 지악천을 향해서 방출했다.

샤악!

콰아앙! 콰앙!

계속해서 내공을 주입하던 지악천은 악을 쓰며 날리는 유운의 장력을 가볍게 팔을 흔들면서 검강으로 잘라냈다.

그렇게 깔끔하게 반으로 쪼개진 장력이 지악천을 지나쳐 바닥에서 터져나가는 모습에 유운의 눈에 짙은 패색이 깃들기 시작했다.

이제 자신의 단전에 남은 내공은 3할이 채 되지 않았기 때문이었다.

'도대체 난……..'

일순간 후회스러운 감정이 맴돌았지만, 이내 떨쳐버렸다.

그런 감정은 자신에게 사치라는 걸 잘 알고 있기 때문이었다.

수많은 이들을 죽이고 그들의 무공을 빼앗았고 지금은 지악천의 원천을 빼앗고자, 종남파의 미래가 될 이들이 그의 말만 듣고서 이유도 모른 채 죽어 나갔으니까 말이다.

꽈아아아앙!!!

철퍼덕!

유운이 좌절감을 느끼던 사이에 지악천의 검강이 그를 덮쳤고 그걸 막으려던 유운이 그대로 폭발과 함께 튕겨 나가 바닥을 굴렀다.

"커허헉!"

바닥을 구른 유운의 몸이 마치 새우처럼 휘어진 상태로 부들부들 떨었다.

이제까지의 충격과는 격이 달랐다.

같은 화경의 경지라고 생각할 수 없는 힘의 격차에 불만을 토하기도 전에 온몸을 맴도는 통증은 이제까지 그가 겪어보지 못한 부류의 것이었다.

"으아아아아!"

최대한 고통을 무마해보고자 소리를 고래고래 지르며 통증을 억누르려고 했지만 쉽지 않았다.

'씨바아아알! 도대체 뭔데!'

샤아아악!

아직 몸도 일으키지 못한 상태에서 들려오는 날카로운 파공성에 흙바닥을 양손으로 피해냈다.

꽈아아아앙!

어렵사리 몸을 굴려 피하기 무섭게 그 자리에 검강이 내리꽂히며 폭발이 일어나며 몸을 굴렸던 유운이 그대로 계속 굴러나갔다.

불행 중 다행스럽게도 굴러가는 와중에 비틀거리며

몸을 일으킨 유운이 힘이 살짝 빠진 눈으로 지악천을 노려보기 시작했다.

"후욱, 후욱, 큽, 큼,   !"

속이 흔들렸는지 검은 피에 내장 조각으로 보이는 것들이 보이자, 재빠르게 발을 움직여 흙을 밀어서 덮었다.

'빌어먹을.'

내상을 입은 것도 심각한데 단전에 남은 내공도 이젠 2할도 간당간당했다.

목숨줄이 목전에 있는 상황이라는 걸 실감할 수밖에 없었다.

덜덜.

충격으로 내상을 입은 탓에 유지하고 있던 강기도 사라져버렸다.

2할의 내공으로는 강기를 끌어내기에 무리가 있기에 유운이 할 수 있는 일은 그저 입술을 깨무는 것 말곤 없었다.

푹.

바닥에 박힌 검을 뽑는 와중에도 검강의 빛을 잃지 않고 있었다.

그 모습을 보는 유운은 오히려 날카로움이 더해진 느낌을 받았다.

극히 유리한 상황에서 지악천의 행동은 유운이 이해할 수 없었다.

'왜 덤벼들지 않지?'

누가 봐도 지친 상태인 유운을 상대로 우위를 점한 지악천이 그에게 덤벼들지 않는 상황은 이상하게 보일 만했다.

하지만 금방 그 이유를 알 수 있었다.

지악천이 돌아서면서 고개를 들어 올렸다. 유운도 그 방향을 따라서 시선을 옮기는 순간 이해할 수 있었다.

쑤우우웅! 콰아앙. 콰지직! 텅!

공중에서 지악천을 향해서 곧장 날아든 이가 되려 통겨져서 날아갔다.

그리고 그가 튕겨나가기 전에 그가 누군지 지켜보고 있던 유운은 알 수 있었다.

'진양! 네가 어찌!?'

자신의 뒤를 이어서 차후 종남파를 무림 최고자리에 올려놓을 거라는 생각을 하게 만든 이가 다름 아닌 자신의 제자인 진양이었다.

그런 그의 등장에 유운은 당혹스러울 수밖에 없었다.

애초에 진양을 의창에 두고 진행한 일인데 어째서 자신의 제자가 이곳에 있는 건지 이해할 수 없었다.

거기다 지금 이 자리에 자신의 제자가 나타났다는 건 종남의 미래가 위태로워졌다는 것을 의미하기에 유운의 마음이 조급해지기 시작했다.

'내가 죽는 한이 있어도 녀석이 죽는 건 막아야 해!'

마치 자신이 나서서 지악천을 막을 수 있을 듯 생각했

다. 지악천이 알았다면 코웃음 칠만한 생각이었다.

이미 유운이 내상을 입어 거동하기 극히 불편하다는 사실을 인지하고 있던 지악천은 그런 그를 무시하며 자신을 향해서 무모한 공격을 한 진양이 날아간 방향으로 걸음을 옮기기 시작했다.

거동이 불편한 유운은 그 모습을 그저 바라볼 수밖에 없다는 사실에 소리치고 싶었지만, 소릴 질렀다간 내부에서 억누르고 있는 내상이 터질까 봐 그럴 수가 없었다.

'제발 도망쳐라. 그게 유일한 해결책이 될 순 없겠지만…… 네가 그럴 의지가 있다면 나는…….'

유운은 자신의 제자인 진양이 종남의 마지막 불씨이자, 희망이기에 그가 이른 나이에 잘못 되길 바라지 않았다.

그렇게 천천히 진양이 있는 곳으로 걸어가던 지악천의 표정이 굳었다.

나뒹굴어 깨어나지 못했다고 생각했던 진양이 이미 서 있는 것은 물론이고 나뒹굴었을 때 머리를 부딪쳤는지 얼굴에 피칠을 한 그를 본 순간 지악천의 눈엔 불신, 분노가 섞여 있었다.

'……놈이다. 분명 저 눈. 절대 잊을 수 없지. 절대!'

지악천은 피칠을 한 채로 멍한 자세로 자신을 노려보듯이 있는 진양의 모습에 혈인이 겹쳐 보였다.

그가 기억하는 부분이라고 할 수 있는 부분은 그 당시

에 마주했던 살기 가득한 눈밖에 없었기에 막연한 직감 같은 것이었다.

물론 좀 더 확인했으면 좋겠지만, 지금 상황은 썩 좋다고 할 수가 없었다.

본래 지악천은 혈인을 찾는 데 시간을 쏟기보다는 기다리면서 놈을 잡아내려고 했는데 놈이라고 생각할 만한 놈을 이렇게 쉽게 만날 줄은 생각지도 못했다.

하지만 지금 눈앞에 있는 진양을 그냥 죽인다고 해서 이놈이 혈인인지 아닌지 확실하지 않은 상황이니 더더욱 막무가내로 손을 쓸 수도 없었다.

'이놈이 혈인이 아닐 수도 있다. 복수했다고 생각하고 있다가 놓칠 수도 있어.'

짧은 순간 지악천의 고민은 깊어졌다.

그리고 한 가지 깨달았다.

자신이 뭘 어떻게 하든 놈을 마주하고 죽이지 않는 이상 기다려야 한다는 사실을 다시금 인지했다.

'이놈이 혈인이든 아니든 당장은 건들지 않는 게 낫겠지. 만약 혈인이라면 그날 결국 마주할 테니까.'

그렇게 짧은 시간 모든 걸 정리하고 결정까지 내린 지악천이 곧장 진양의 복부를 노리고 권풍을 날렸다.

퍽! 털썩!

"끄어억……."

지악천의 권풍에 제대로 적중한 진양은 죽진 않았지만, 그대로 꼬꾸라지며 바닥에 머릴 박은 상태로 기절해 버렸다.

 그런 진양을 보며 지악천의 손은 마치 고민하듯이 쥐락펴락하고 있었다.

 이성은 확실하게 타협으로 다스렸지만, 감성에 남은 분노의 잔재가 남아 있는 모양이었다.

 그게 지악천과 진양의 첫 만남이었다.

第 四十九 章 ― 진양

　지악천이 남악으로 복귀한 지 어느덧 보름이 훌쩍 지났지만, 여전히 표정이 좋지 않았다.

　돌아온 당일에 지악천의 표정이 어찌나 안 좋았는지 현청 내부에서 그 누구도 무슨 일이 있냐는 말조차도 걸지 못할 정도였다.

　오늘도 지악천은 그날의 기억을 떠올리며 자신의 판단에 대해 계속해서 자문자답하고 있었다.

　"으음……."

　이미 지나간 결정을 되돌릴 수 없다는 사실을 알고 있으면서도 고민하지 않으면 왠지 모르게 미쳐버릴 것 같은 느낌이었다.

그렇다고 그때 진양을 죽여버렸다면 뭔가 찝찝할 것 같은 기분이었다.

진양을 그대로 내버려두고 유운의 목숨을 끊고 난 후부터 그날의 일이 머릿속에 맴돌았다.

'잘 참긴 한 거 같은데 아쉽긴 하네.'

항상 나오는 결론은 하나였다.

참길 잘했다.

하지만 사실상 처음이자, 가장 유력한 놈을 눈앞에서 놔줬다는 사실이 크게 마음에 걸리니 심란할 수밖에 없었다.

"하……."

"미야양."

한숨을 크게 내쉬는 지악천에게 백촉이 다가와 울었다.

마치 왜 그러고 있냐는 듯이.

지악천이 자신만 한 덩치의 백촉을 연신 쓰다듬으며 말했다.

"심란해서 그런다. 내 선택이 옳다고는 생각하지만, 막상 아쉬운 마음도 없지 않아서 말이야. 쩝."

지악천의 말을 이해하기 힘든지 백촉이 연신 고개를 갸웃거렸다.

그러다 이내 배가 고픈지 더 크게 울었다.

"미야야양!"

"배고프냐? 그래. 가자. 가."

지악천은 그렇게 오랜만에 현청 밖으로 향했다.

한편 최악의 상황에 놓인 종남파는 음울함이 맴돌고 있었다.

사실상 종남파의 전력 8할 이상을 잃은 상황이었다.

안 그래도 구파일방에서 하위에 자리하고 있었는데 이제는 그 위치마저도 유지하기 힘들어진 상황이었다.

특히나 이번 일에 대해서 무림맹이 공식적으로 관여하지 않겠다고 발언한 상황이었다.

진양은 장원을 빌려 한쪽에 장문인 유운과 장로 청인 그리고 사형제들의 시신들을 수습해 장례를 치렀다.

그 와중에 소식을 전해들은 종남파에 남아 있던 사람 중 가장 서열이 높은 청안(淸安) 장로가 일단 가장 웃어른으로서 장례를 주관하고 있었다.

진양은 가벼운 한숨을 쉬면서 연신 자신의 눈치를 보고 있는 사형제들을 가볍게 훑어봤다.

"하……."

자신만을 바라보는 사형제들의 시선에 담긴 의미를 읽은 진양은 부담감에 절로 한숨이 나왔다.

절대 보이지 말아야 할 모습이었지만, 누구도 그런 그의 한숨을 타박할 수 없었다.

이 자리에 있는 이들 중에서도 가장 힘든 사람은 다름 아닌 진양이라는 것을 다들 알기 때문이었다.

그러던 와중에 장례를 주관하고 있던 청안이 안으로 들어섰다.

"크흠. 진양아."

"예. 청안 장로님."

"잠시 나랑 얘기 좀 하자꾸나."

청안의 말에 다른 이들이 자리에서 일어서려고 하자, 청안이 제지했다.

"너희가 다 나가는 것보다 우리가 나가는 게 낫다."

청안의 말에 진양도 군말 없이 자리에서 일어났다.

"가시죠."

진양이 빠르게 자리에서 일어나서 청안과 함께 자릴 비우자, 남아 있던 이들의 표정이 암울해졌다.

그들 역시 진양이 많은 부담감을 느끼고 있었다는 것을 알고 있었다.

그렇게 장원의 구석으로 자릴 옮긴 후 청안이 먼저 말을 꺼냈다.

"괜찮으냐?"

"……좋지도 나쁘지도 않습니다."

"그렇구나. 아이들에게는 누가 그랬는지 모른다고 했지만, 누구도 네 말을 믿지 않겠지."

"알고 있습니다. 하지만 알아도 좋을 건 없습니다."

"그래. 그렇겠지. 칼을 쓰는 형태나 무공의 종류는 특정하긴 힘들지만, 상대가 한 명이라는 것은 알겠더구나."

주검을 통해 무공 특징과 흔적을 읽어내는 건 무림에서 활동하는 무인이라면 누구나 배워야 하는 기본 덕목 같은 것이었기에 진양도 숨길 수 없다는 것쯤은 알고 있었다.

"혼자서 종남파 전력의 8할을 홀로 꺾은 놈이다. 만약 네가 혼자서 그를 상대하겠다고 생각하고 있다면 나는 종남의 미래를 생각해서 말릴 수밖에 없겠구나."

"……."

물론 진양 역시 알고 있었다.

그리고 그날 지악천이 자신을 죽일지 말지 일순간 고민하는 눈도 봐서 알고 있었다.

'놈은 날 보며 고민하고 있었어. 죽일지 말지.'

지악천이 자신을 보며 무슨 고민을 했는지는 알 수 없는 노릇이었지만, 최소한 이렇게 멀쩡히 살아 있다는 것만 봐도 뭔가 있다는 것을 알 수 있었다.

"무림맹에서도 공식적으로 이 문제를 무림맹이나 다른 이들이 끼어들 일이 아닌 종남의 개인적인 일이라고 못을 박은 이상 다른 이들의 힘을 빌리는 것은 사실상 무리다. 물론 사실상 종남을 상대로 홀로 이겨 낸 상대를 두고 누가 힘을 빌려주겠냐마는 일단은 힘들고 괴로워도 참아야 한다. 군자의 복수는 10년도 이르다고 하지 않았더냐. 그러니 종남의 미래를 위해서 당장은 참았으면 한다. 이미 상대가 누구인지는 알지 않더냐. 급할수록 돌아가야 하는 법도 있는 법이다."

진양은 고개를 끄덕였다.

청안의 말대로 상대가 누구인지 알고 있는 이상 힘만 기르면 될 일이었다.

하지만 한 가지 문제가 있었다.

그 문제는 당시에 진양이 겪은 정신적 충격이었다.

전력의 8할에 해당하는 이들이 단 한 명에게 무기력하게 당했다는 것.

그 또한 아무것도 하지 못하고 일격에 기절했다.

혼자 살아남았다는 사실에서 오는 상실감과 원수인 지악천이 자신에게 자비를 베풀었다는 게 문제였다.

물론 무공 수준 차이는 논외로 두고 말이다.

진양은 10년이든 20년이든 노력하는 그 사이에 자신이 지악천을 능가하는 고수가 될 거란 확신을 가질 수가 없었다.

하지만 그러한 진양의 생각과 청안의 생각은 달랐다.

'넌 할 수 있다. 아니, 무조건 해내야 한다. 그래야…… 나중에 죽은 사형을 볼 면목이 생긴다.'

자신의 사형이자, 장문인이었던 유운이 종남파의 역사상 최고의 기재라고 칭했던 사람이 다름 아닌 그의 앞에 있는 진양이었다.

그렇기에 청안은 진양을 바라보며 한 가지 제안을 했다.

"장문인 아니, 사형이 온갖 무공에 손을 대고 있단 사실을 너도 알고 있다고 생각한다. 분명 사형이라면 그

중에서 너에게 필요한 무공들도 꽤나 전수했겠지. 그것이 종남의 무공이 아니라고 해도 상관없다."

"……."

청안의 말에 진양이 침묵했다.

"최대한 힘을 기를 수 있다면 마공을 제외한 그 어떠한 무공이라고 해도 상관없다. 사형은 일찌감치 장문인의 자리에 올라서는 순간부터 변화를 모색했었다. 너도 알다시피 종남파는 참으로 아슬아슬한 위치해 자리하고 있었다. 언제 구파일방의 자리에서 물러나도 이상하지 않을 정도로 말이지. 그렇기에 사형은 전력으로 움직였다. 타인의 무공을 가져와서 종남의 무공과 섞는 것도 일말의 고민도 없이 행했고 많은 시행착오를 겪으면서 나온 결과물들을 오롯이 너에게만 전수했지. 왜 그랬는지 알겠더냐?"

진양은 청안이 말하는 바를 수박 겉핥기 수준으로 알고는 있었다.

"자세히는 모릅니다."

"괴변이라면 괴변이겠지만, 미래를 위해서였다. 종남의 미래를 위해서. 너의 미래를 위해서. 모두의 미래를 위해서."

정말 괴변이었다.

미래를 위해서 유운이 벌였던 일은 사실상 용서받기 힘든 일이었다.

"하지만 정파 내 누구도 우릴 비난하지 못할 거다. 그들 역시 형태만 다를 뿐 유사한 일을 꾸준히 해왔으니까. 타인의 무공을 훔치거나 빼앗는 일은 의외로 흔하다. 본래 창작보다 흉내가 더 빠른 법이니."

"……장로님께서는 전부 알고 계셨던 겁니까?"

"모르는 게 더 이상하지. 대부분 비슷하고 이름깨나 알려진 이들의 무공의 가장 중요한 구결을 제외한다면 대부분은 다 알고 있지 않더냐. 그것과 같다고 보면 오히려 이해하기 쉬울 거다. 넌 사형에게 이상한 무공을 배운 게 아니다. 종남의 한 축이 될 무공의 토대를 배운 거다."

"……."

다소 빙글빙글 돌고 돈 이야기였지만, 정신적으로 힘들어 보이는 진양에게 나름의 위로가 통하길 바라면서 청안이 진양의 어깨를 두드리며 말을 이어갔다.

"크흠. 아무튼, 너는 힘을 키워라. 그사이에 일은 내가 전부 처리하겠다. 그것이 주검이 된 이들에게 네가 해줄 수 있는 최선이다."

그 말을 끝으로 청안이 자리를 떠나고 진양은 한참을 가만히 있다가 마른세수를 하며 중얼거렸다.

"내가 할 수 있는 최선."

꽈아아악.

중얼거리는 순간 진양의 주먹이 강하게 쥐어지고 있었다.

* * *

반년이 지나간 후에 제갈수가 지악천을 찾아왔다.

"오랜만이군."

"예. 대략 반년쯤 된 거 같습니다."

제갈수는 지악천의 얼굴을 보면서 살짝 경이롭다는 느낌을 받았다.

"……자네 많이 달라졌군. 뭐랄까 전보다 유해진 느낌이야."

제갈수의 말에 지악천이 부드러운 미소를 입가에 그렸다.

"그렇습니까?"

"그렇네. 전에는 뭐랄까…… 뭔가 급한 느낌이 있었는데 지금은 다르군. 편해 보이는군."

"그렇게 보인다니 다행입니다."

지악천의 말에 제갈수가 고갤 갸웃거렸다.

쉽사리 이해하기 힘든 말이었기 때문이었다.

'다행?'

"아무튼 이전의 일들에 관해서 얘기해줘야겠군. 뭐, 자네도 귀가 있다면 어떻게든 듣긴 했겠지만 말이야."

말을 하며 제갈수가 고갤 돌려 떨어진 곳에서 지켜보고 있는 강성중을 바라봤다가 다시 시선을 지악천에게로 돌렸다.

"예. 뭐…… 봉문을 선언했다고 듣긴 했습니다."

"맞네. 그리고 자네가 유운의 제자를 살려줬다는 이야기도 들었다네."

"……."

그 말에 지악천의 표정에 순간 변화가 생겼지만, 제갈수가 알아보지 못할 정도로 짧은 순간이었다.

"아무튼, 최종적으로 무림맹도 종남도 자네에게 그 일에 대한 어떠한 책임을 묻지 않을 것이네. 물론 종남이 비공식적으로 어떻게 나올지는 알 순 없겠지만 봉문을 선언한 이상 공식적인 움직임은 보이지 않겠지."

"하지만 다른 곳들이 늘었군요."

"그건 어쩔 수 없는 일이네. 실제로 사안이 심각했으니까. 종남은 공식적으로 장문인을 포함한 전력의 8할을 잃었네. 그것도 자네 한 사람에게 말이지. 그러면 다른 이들도 절로 긴장할 수밖에 없으니까. 그냥 자네가 이처럼 평소처럼 지낸다면 잠잠해질 테니 걱정 말게나."

'평소처럼이라…….'

지악천은 평소라는 단어가 오늘처럼 낯선 느낌은 오랜만이었다.

'그게 가능할까?'

지악천은 제갈수를 믿지 못하는 게 아니었다.

이 주변에 어슬렁거리는 이들을 믿지 못할 뿐이었다.

"알겠습니다."

지악천

담담하게 답하는 지악천의 모습에 제갈수는 입안에 맴도는 말을 꺼내려다가 이내 포기했다.

　"아무튼, 그렇게 알고 있게나. 그리고 한 두어 달 있다가 애들이 온다고 하네."

　그렇게 제갈수와 대화를 끝으로 지악천은 여느 때와 같이 순찰을 돌고 객잔에서 점심을 해결하고 현청으로 돌아와 오늘 발생한 일들에 대해서 보고서를 작성해서 현령에게 보고하는 일상을 보낼 뿐이었다.

　예전처럼 필요 이상으로 수련에 매달리지 않고 그저 아침저녁으로 운기조식을 적당히 해줄 뿐이었다.

　그러한 지악천의 행동에 어찌 보면 손해 보는 느낌인 사람은 후포성이었다.

　예전에는 거의 두들겨 맞다시피 강제적인 수련을 당하다가 이제는 방생 된 듯하니 묘하게 손해 보는 느낌이었다.

　거기다 포두로서 받는 봉급에 지악천이 메워주는 금액까지 생각하면 이젠 굳이 낭인 시절을 떠올리지도 못하고 있었다.

　"강 형. 우리 포두님 왜 저런답니까?"

　후포성의 말에 강성중은 심드렁하게 답했다.

　"심란한가 보지."

　"아니, 매번 그렇게 말하는데 도대체 뭐가 심란하답니까? 화경의 경지까지 오른 사람이?"

　"그걸 내가 알겠냐? 조용히 밥이나 먹자."

그 말에 강성중은 가볍게 고갤 흔들었다.

"솔직히 강 형도 아쉽지 않습니까? 나야 절정의 끄트머리라지만, 강 형은 초절정의 끄트머리지 않습니까."

달그락.

애써 후포성의 말을 무시하며 밥을 입안에 욱여넣던 강성중이 손에서 밥그릇과 젓가락을 내려놨다.

"하…… 나라고 아쉽지 않다고 하면 거짓말이겠지. 하지만 어쩌겠어? 장본인이 별다른 의지가 없는데 내가 보챌 수도 없잖아."

강성중의 말에 후포성은 입을 삐쭉 내밀 뿐 반박하지 못했다.

"그냥 밥이나 먹고 들어가."

그렇게 강성중과 헤어진 후포성은 현청으로 돌아와 지악천이 있는 곳으로 향했다.

후포성은 현령에게 정기보고할 문서를 작성 중인 지악천을 물끄러미 바라봤다.

사락, 사락.

"……."

"왜? 할 말 있으면 해. 없으면 그만 돌아가고."

"왜 이런 겁니까?"

지악천은 후포성을 쳐다보지도 않고 계속해서 붓을 움직였다.

"뭘? 원래 포두가 해야 할 일을 하고 있는데."

"그 말이 아니지 않습니까."

지악천   148

"뭘? 지금이 하는 일 말고 달리 내가 할 일이 뭔데?"

"그……."

그 말에 후포성은 막상 말을 꺼내려고 했지만, 딱히 할 말이 없었다.

지악천의 말대로 지금 현재 포두로서의 일 말고 다른 일이 없었다.

다른 일은 후포성이나 강성중이 원하는 일이지 지악천이 원하는 일은 아니었다.

그가 그만둔다면 언제든지 그만둬도 누가 뭐라 할 수 없는 일이었다.

"더 할 말은? 없으면 말고. 그리고 3일 후에 심사한다고 전달해."

"정기심사 말입니까?"

"좀 됐잖아? 지금이라도 해야지. 의지만 있으면 뒤집어엎고 새 술을 새 부대에 담아야지."

"알겠습니다. 그렇게 전달하겠습니다. 그리고……."

말끝을 흐리는 후포성을 지악천이 결국 고갤 들어 그를 바라봤다.

"말 흐리지 말고 하고 싶은 말 있으면 확실하게 해."

"……이젠 수련 안 하십니까?"

"하고 있어. 그리고 평생 몸을 써야만 수련이 된다는 멍청한 생각을 하는 건 아니겠지?"

당사자가 하고 있다고 하니 더더욱 후포성이 할 말이 없었다.

"내가 너를 포함한 주변 사람들을 계속 챙겨줄 거라는 안일한 생각은 버려. 언제까지 내 손에 이끌려가고 싶은 마음도 없잖아. 그러니 스스로 노력해. 그만 나가봐."

무미건조한 지악천의 말에 후포성은 표정을 굳힌 상태로 그대로 밖으로 나갔다.

그리고 그런 후포성의 뒷모습을 바라보던 지악천은 정기보고서를 쓰던 붓을 내려놓고 옆에 있는 창을 열어 젖혔다.

"흠……."

지악천은 수련은 안 하냐고 묻는 후포성의 말을 곱씹었다.

그들이 자신을 의지한 건 틀림없는 사실이었다.

물론 그렇게 만든 것은 자신의 탓이었다.

이렇게 어중간하게 끝낼 거라면 지악천이 미리 말을 해줬어야 했다.

"그러네. 내 탓이네."

자신의 탓이라고 혼잣말하는 지악천의 표정은 무미건조했다.

혼잣말과는 다르게 표정은 분명 중요하게 생각하지 않는 듯한 느낌이었다.

밖으로 나온 후포성의 표정은 단단히 굳어 있었다.

'이상해. 그 돌아온 날부터 이상하더니 이젠 묘하게

태도도 달라졌어.'

후포성은 현재 지악천과 가장 긴 시간을 붙어 있는 만큼 미묘하게 변해가는 지악천의 이상함을 꾸준히 인지했다.

그렇다 해도 필요한 말만 주고받다가 지금처럼 냉정하게 들리는 답을 들을 정도로 대화한 적이 없었기에 이제야 뭔가 이상하다는 것을 확신한 것이었다.

'강 형을 만나봐야겠어.'

지금 이 상황이 무슨 상황인지 자신보다 더 잘 알고 있을 사람은 현재 강성중 말곤 없다고 생각했다.

같은 시각 제갈세가가 남악에 마련한 장원에 찾아온 강성중은 제갈수를 만나고 있었다.

"그렇군. 감정의 변화가 있었다라⋯⋯."

"종남과 문제가 있었다곤 들었지만, 큰 문제가 될 정도였습니까?"

강성중의 물음에 제갈수가 해줄 말은 없었다.

"모르겠군. 별달리 들은 것이 없네. 자네도 비슷하지 않나?"

"예. 그러니까 오랜만에 오신 장로님께 이렇게 무례를 무릅쓰고 묻는 것입니다. 제가 알고 있는 것 말고 달리 아시는 바가 있는지."

"나라고 별다를까. 내가 알고 있는 것들과 자네가 알고 있는 사실에 큰 차이는 없을 거네. 오히려 난 자네에게 묻고 싶을 정도라네. 분명 무림맹에서 헤어지기 전까지는 저러지 않았다네. 그 일 후에 오늘 남악으로 돌아와서 그를 만나보니 나도 그에게 무슨 일이라도 있었는지 알고 싶어졌다네. 그런데 자네 표정을 보아하니 자네도 그다지 아는 게 없나 보군."

"그렇다면 문제는 결국 종남파겠군요."

강성중의 말에 제갈수가 동감한다는 듯이 고갤 끄덕였다.

"맞네. 종남파. 그가 그들과 싸우면서 무슨 일이 있었는지가 가장 핵심이 되겠지."

"하지만 그들은 이미 봉문을 한 상황이니 알 길이 없습니다."

"아니, 종남은 알아도 모르는 척 시치미를 뗄 걸세. 어차피 이젠 불구대천지원수가 된 상황인데 그들은 알아도 모를 것이고 도리어 모르는 것을 아는 척하겠지."

"정석적이군요."

"정석적이긴 해도 가장 잘 먹히는 방법 아니겠는가."

다소 냉소적인 제갈수의 반응에 강성중은 달리 할 말이 없었다.

"흠. 확실히 장로님의 말이 맞습니다. 하지만 이제 어떻게 되는 겁니까? 본래 군사님의 계획과는 많이 틀어질 것 같습니다만."

"어쩔 수 있겠는가. 무슨 일 때문인지는 모르겠지만, 본인이 마음을 닫아버린 것 같은데 스스로 빗장을 풀지 않는 이상은 두고 볼 수밖에 없지 않겠는가.”

어깰 으쓱거리면서 하는 제갈수의 말에 강성중도 동의할 수밖에 없었다.

그들이 뭘 어떻게 하든 결국 지악천이 하기 나름이기 때문이었다.

*　　*　　*

호북성 무한(武漢)에 자리한 한 객잔에 거지 1인과 거지에 근접한 동행이 객잔으로 들어가려 하고 있었다.

그들은 무려 2년여 전에 수련 때문에 천중산으로 떠났던 구지신개와 차진호였다.

“이왕이면 좀 씻고 돌아가는 게 낫지 않겠습니까?”

차진호의 질책이 섞인 말에 구지신개가 얼굴을 찡그렸다.

“에헤이. 미쳤더냐? 거지가 씻게?”

포기했다는 듯이 고깔 절레절레 흔드는 차진호를 향해 구지신개가 누런 이를 보이며 웃으며 앞장서서 객잔으로 들어섰다.

무림인들이 비교적 많은 무한에 있는 객잔이라서 그런지 구지신개와 차진호가 객잔에 들어서는 것을 막지 않았다.

구지신개는 혹시나 아는 얼굴이 있나 싶어 객잔 안을 둘러봤지만, 딱히 아는 얼굴은 없어 보였다.

"쳇! 아까운 돈을 쓰게 생겼군."

"왜 그게 아까운 돈입니까? 다 포두님이 쓰라고 주신 건데."

"쓥. 내 품 안에 들어온 돈은 아까운 법이다."

"그러면 포두님 앞에서 해보시죠."

"끄응."

이미 지악천과 종남의 소문을 접한 구지신개는 앓는 소리를 낼 수밖에 없었다.

"아무튼, 오랜만에 배불리 먹고 푹 쉽시다. 일단 좀 씻고."

"안다. 알아. 어차피 하루 쉬기로 했으니까 쉬어야 지."

"어차피 많이 받았잖습니까. 그러니 마음 편하게 쉽 시다."

그렇게 씻기 싫은 구지신개를 두고 차진호는 씻기 위 해서 점소이가 알려줬던 뒤뜰로 향했다.

그렇게 차진호가 사라지자, 구지신개는 음식을 잔뜩 시키기 시작했다.

말은 그렇게 해도 거의 폐관 수련에 가깝게 벽곡단 같 은 것들로 근 2년을 지냈으니 밖의 음식이 그립긴 그도 마찬가지였다.

씻고 나온 차진호가 가지고 있던 포두복으로 갈아입 은 후 구지신개가 있는 자리로 향했을 땐 객잔에 사람 들이 많이 찬 상태였다.

"어? 왔냐? 잔뜩 시켜놨으니까 먹어라."

구지신개의 말대로 탁자에는 수북하게 쌓여 있다는
말이 어울릴 정도로 많은 양의 음식이 있는 상태였다.

"어르신. 너무 많은 거 아닙니까?"

"에헤이! 많긴 뭐가 많아. 네놈도 와서 먹어봐라. 이
쯤이야 금방이야. 너도 나름대로 무인이니 앞으로는
이 정도는 가뿐하게 먹게 될 거다."

아직은 이해하지 못할 구지신개의 말에 고갤 절레절
레 흔든 차진호는 자리에 앉아 젓가락을 들어 쌓인 음
식들에 가져갔다. 그리곤 손에 쥔 젓가락을 움직이기
시작했다.

구지신개의 손이 움직이는 속도를 어느새 차진호가
따라잡을 정도로 빠르게 움직이고 있었다.

'어쭈? 이놈 봐라?'

직전까지 빼던 차진호가 자신의 속도를 따라잡으려고
하자, 구지신개의 눈빛이 날카로워졌다.

거지 아니랄까 봐 음식욕이 장난 아닌 구지신개였다.

따따다닥! 따다닥!

탁자 위에 있는 음식들이 빠르게 두 사람의 입으로 사
라졌다. 가히 대단하다고 할 정도의 속도였다.

음식을 씹어 먹는 게 아니고 그냥 삼킨다고 봐도 무방
할 수준이었다.

그렇게 구지신개와 차진호의 젓가락질 소리만 객잔에
울릴 정도가 되자 주변의 시선도 자연스럽게 둘에게로

향했다.

둘의 손놀림이 예사롭지 않았기에 당연한 반응이었다.

그러나 둘은 주변의 시선 따윈 아랑곳하지 않고 빠르게 음식을 먹어치웠다.

워낙 빠르게만 먹다 보니 구지신개와 차진호는 음식을 즐기진 못했지만, 나름대로 만족스러운 듯한 표정이었다.

"꺼억! 이놈아. 너 때문에 급하게 먹어서 체할 뻔했잖아!"

시원하게 트림까지 한 구지신개의 말에 차진호는 어이가 없었다.

"세상천지에 거지가 체한다는 말은 처음 듣습니다."

"흐흐. 것도 그렇구나. 흐흐."

구지신개는 궁색한 변명을 하지 않고 그저 웃어넘길 뿐이었다.

그렇게 시선을 모았던 그들에게 다수의 사람이 다가왔다.

"혹시…… 구지신개 어르신 맞으십니까?"

"음?"

구지신개는 자신을 아는 척하는 이들에게 고갤 돌려 그들을 확인한 후에 인상을 찌푸렸다.

"남궁세가로구나?"

"예. 남궁위(南宮偉), 남궁진원(南宮眞元), 남궁화옥

(南宮和玉). 인사드립니다."

"남궁위라면…… 소가주? 흐음. 소가주가 왜 호위도 없이 무한을 돌아다니고 있더냐? 설마 그 나이 먹고 철없이 가출했다거나 그렇진 않을 테고 어디 인사라도 가는 모양이지? 아니면 단순한 관광?"

"관광입니다. 막내 화옥이가 오랜만에 수련을 끝내고 출관해서 형제들끼리 놀러 나온 겁니다."

"그래? 오……."

남궁위의 말에 남궁화옥을 슬쩍 훑어본 구지신개의 입에서 탄성이 나왔다.

'냉정하게 소가주보다 재능이 있어 보이는 쪽은 막내 군. 근데 그분의 성정이라면 왜 아직 소가주가 바뀌지 않은 거지?'

구지신개는 우내삼성의 무왕과 신승 그리고 마지막 일인인 검성(劍聖) 남궁유(南宮柔)도 나름대로 대면했던 바가 있었다.

그의 성향도 어느 정도 알고 있었기에 그가 소가주를 정하는 일에 간섭하지 않았다는 사실을 믿을 수가 없었다.

"한데…… 구지신개님. 이쪽 누구인지?"

남궁위는 조심스럽게 구지신개와 동행하고 있는 차진호에 관해서 물었다.

차진호의 옷만 본다면 포두라는 걸 알 수 있기에 더 궁금한 모양이었다.

"음…… 그냥 무기명 속가제자라고 보면 된다. 어차피 개방에 적을 둘 것도 아니고 몇 수 가르친 게 전부니까. 그리고 무림인이 아니니 신경 쓰지 않아도 된다."

신경 쓰지 말라는 말에도 차진호에게서 쉽사리 눈을 떼지 못하고 있는 남궁위의 모습에 구지신개는 속으로 혀를 찼다.

'쯧, 모난 돌이 정 맞는다더니 확실히 덜 다듬어진 건가.'

구지신개는 지악천이 준 대환단과 만월초를 차진호에게 먹여서 그가 많은 내공을 만들도록 했다.

하지만 차진호의 나이가 나인지라 아직도 강제적으로 만들어진 단전에 두 영약의 기운을 제대로 잡아두지 못하고 미미하지만, 외부로 표출되고 있었다.

때문에 기감이 민감한 남궁위가 그를 상대로 호승심을 드러내고 있던 것이다.

'그건 그렇고 남궁세가의 소가주가 투견이라는 소문이 있더니만 사실이었군.'

자신이 있는 와중에도 호승심을 대놓고 드러내는 남궁위의 모습에 쓴 웃음을 지을 수밖에 없었다.

툭.

남궁진원이 남궁위의 등을 살짝 손가락으로 찌르며 전음을 보냈다.

—형님. 구지신개께서 싫어하시는 것 같으니 그만 가시지요.

언제나 투견처럼 날뛰려는 남궁위를 제어하는 것은 항상 남궁진원의 일이었다.

"어…… 실례했습니다. 구지신개님."

"아니다. 그만 가보거라."

구지신개는 남궁위를 막은 것이 남궁진원이라는 사실을 단박에 깨달았고 가벼운 미소를 지으며 그들을 보냈다.

"너도 고놈이랑 똑같은 모양이다. 이런저런 놈들의 관심을 다 끌고 있으니."

남궁 형제들의 뒷모습을 바라보다가 이내 차진호를 바라보며 하는 말에 그가 발끈했다.

"말이 심하십니다."

"크크크. 심하다고 고놈이 이래저래 눈길을 끌고 있다는 말은 부정하지 않는구나?"

"…….."

차마 차진호도 지악천이 온갖 사람들의 시선을 끌고 있다는 사실을 차마 부정하진 못했다.

제갈세가 사람들까진 어떻게든 부정하겠지만, 지악천의 최근 근황에 관해서 구지신개에게 전해 들었기에 부정할 수가 없었다.

자리에서 일어난 차진호와 구지신개가 향한 곳은 선착장이었다.

동정호(洞庭湖)까지 물길을 거슬러 올라가야 했기에 서둘러 움직였다.

한편 먼저 객잔을 나왔던 남궁 형제들은 계속해서 표정이 좋지 않은 남궁위의 눈치를 보고 있었다.

"형님. 왜 그러십니까?"

결국 남궁진원이 나설 수밖에 없었다.

"아니, 찝찝해서 말이지. 너희는 못 느꼈어?"

남궁위의 말에 남궁진원이 되물었다.

"뭘 말입니까?"

"그 사람에게서 아무것도 느끼지 못한 거야?"

남궁위가 재차 말했음에도 남궁진원은 영문을 모르겠다는 표정이었고 그들의 뒤에 있던 남궁화옥은 입을 다물었다.

"전 전혀 모르겠는데 뭐가 있었습니까?"

다시금 대답하는 남궁진원이 막내인 남궁화옥을 바라봤다.

"저도 잘 모르겠습니다."

남궁화옥은 분명 남궁위가 느낀 그 뭔가를 느꼈지만, 모른 척했다.

"끄응……. 아무튼, 뭔가가 있었다니까. 내 마음을 뜨겁게 하는 뭔가가."

그 무언가가 뭔지 제대로 설명하기 힘든 남궁위는 대충 얼버무렸지만, 남궁화옥은 그게 뭔지 대충 눈치채고 있었다.

'분명 그건 큰 형님과 같은 투기와 덜 갈무리된 내공이겠지.'

추상적으로 말하는 남궁위와는 다르게 남궁화옥은 그
것의 정체를 제대로 꿰뚫어 보고 있었다.

그리고 남궁화옥은 차진호의 무위가 자신들과 비등하
거나 그 윗줄이라는 것도 인지하고 있었기에 최대한 티
를 내지 않았다.

분명 호승심이 강한 남궁위의 성격을 생각한다면 그
자리에서 싸우자고 해도 이상하지 않았으니까.

그 순간 남궁위가 돌아섰다.

"안 되겠다. 막내야 미안하지만, 동호보다는 동정호
를 보는 것으로 바꾸자. 따라와!"

"아니, 그…… 형님!"

남궁진원이 말릴 시간도 없이 뛰어가는 남궁위를 불
러봤지만, 소용없었다.

"하…… 가자."

빠르게 멀어져 가는 남궁위의 뒷모습을 보며 남궁진
원은 한숨을 내쉬며 남궁화옥에게 말했다.

이미 한번 느낀 그 무언가를 계속해서 주목하고 있었
기에 남궁위는 차진호와 구지신개가 어느 방향으로 가
고 있는지 금방 알아냈다.

그런 남궁위의 움직임을 이미 구지신개도 인지하고
있었다.

"쯧. 호승심이 투철한 녀석이네."

갑자기 혀를 차면서 구지신개의 말하는 모습에 차진
호도 혹시나 했는데 '역시나'라는 표정으로 고갤 끄덕

였다.

"그러게 말입니다."

"엉? 너도 알고 있었냐?"

"아무리 사람이 많아도 저렇게 움직이면 시선이 가기 마련이지 않습니까."

차진호를 바라보는 구지신개의 눈이 좁아졌다.

'도대체 끝을 알 수가 없네. 이놈이나 그놈이나.'

차진호의 재능은 남달라도 너무나도 남달랐다.

그렇게 둘이 선착장에 도착할 때 남궁위가 도착했고 뒤이어 남궁진원과 남궁화옥이 도착했다.

그런 그들에게 구지신개가 가벼운 미소를 지으며 물었다.

"아까 가는 걸 봤을 땐 동호(東湖)를 보러 가는 줄 알았더니 마음이 바뀐 것이더냐?"

"예. 동호도 좋지만, 이왕이면 동정호가 더 좋지 않겠습니까."

짓궂은 구지신개의 물음에 남궁위는 참으로 뻔뻔하게 답했다.

'고놈 참 뻔뻔하네.'

"그래. 그건 너희가 알아서 할 일이지. 근데 너희도 배 타고 가려고?"

"예. 이왕이면 배가 운치가 있고 좋지 않습니까. 유람을 다니는 데 굳이 힘을 뺄 이유도 없지 않습니까."

'생긴 것과 다르게 입은 청산유수(靑山流水)구나.'

뻔히 보이는 남궁위의 의도를 그냥 웃어넘긴 구지신개는 슬며시 차진호를 바라봤다.

어차피 남궁위의 목적은 동정호가 아닌 게 분명해 보였다.

그런 남궁위완 다르게 남궁진원과 남궁화옥은 썩 내켜 하는 것으로 보이진 않았다.

그렇게 결국 그들은 다 같이 동정호로 향하는 배를 탔다.

촤아아악. 촤아악.

규모가 있는 상단이 같이 탄 중형선이라서 그런지 사공들의 노질이 예사롭지 않아 보였다.

"어떠냐?"

뱃머리에 서서 물길을 거슬러 올라가는 모습을 바라보는 차진호에게 구지신개가 다가와 말을 걸었다.

"뭐가 말입니까?"

"배를 타보는 것은 처음이라고 하지 않았더냐? 그에 대한 감상을 묻는 거지."

"아. 새롭긴 합니다. 남악 인근에도 나루터가 있긴 했지만, 타보는 건 처음이긴 합니다만……."

"다만?"

"뭐, 나쁘진 않은 것 같습니다. 가만히 서서 강물을 거슬러 올라가는 느낌도 나름대로 좋습니다."

"그, 그래?"

구지신개는 자신의 생각과는 다른 차진호의 의외의

답에 살짝 당황했다.

'배를 처음 탄다는 놈이 그것도 거슬러 올라가는 배의 뱃머리에서 저렇게 말짱할 줄은 몰랐네.'

물론 구지신개처럼 사전에 천근추(千斤錘)를 이용해서 중심을 잘 잡고 있다면 몰라도 아직 내공 운용법이 서투른 차진호의 멀쩡한 모습은 예상 밖이었다.

'이거 골려주기도 쉽지 않네.'

이러한 차진호의 모습을 근 2년 내내 겪었는데도 구지신개는 차진호가 가지고 있는 끝을 알 수 없었다.

특히나 마지막 대련에서는 자신과 100여 합을 겨룰 때까지 크게 밀리지 않는 모습을 보여줬기에 더더욱 그럴 수밖에 없었다.

'이게 전부 다 그 봉황등천식(鳳凰騰天式)이라고 한 그 무공의 힘인가?'

물끄러미 배가 나아가는 모습을 지켜보는 차진호의 등을 바라보고 있는 구지신개의 눈과 표정에는 짙은 아쉬움이 담겨 있었다.

'그놈이 화경의 고수만 아니었더라도!'

한편 배꼬리에 자리한 남궁 형제 중 남궁화옥만 멀쩡했고 남궁위와 남궁진원이 연신 속을 게워내고 있었다.

"우웨에에에엑!"

"우욱! 웨에에에엑!"

차진호와 마찬가지로 그들도 배를 처음 타보는 이들

이었다.

"형님들 괜찮으십니까?"

난간을 붙잡고 연신 배를 타기 전에 먹었던 것들을 게 워내는 둘을 바라보며 남궁화옥이 안쓰러운 표정으로 물었다.

둘은 남궁화옥의 물음에도 대답 대신에 다가오지 말라는 듯이 뒤로 한쪽 팔을 뻗으며 토악질로 할 뿐이었다.

"쯧쯧. 너희들도 배를 처음 타보는 것이더냐?"

어느새 나타난 구지신개가 고갤 절레절레 흔들며 말했다.

"예. 구지신개님. 뭐, 좋은 방법이 있습니까?"

난간을 잡고 강바닥을 바라보고 있는 남궁위와 남궁진원을 대신해 남궁화옥이 구지신개에게 물었다.

"있지. 타고날 정도로 좋은 균형감각을 가지거나, 내공을 운용해서 내부를 보호하거나, 흔들리지 않게 천근추를 이용해야지. 쉽지?"

구지신개가 생글생글 웃으며 남궁화옥에게 말했다. 구지신개의 말에 그는 쓴웃음을 지어야 했다.

—하나 물어보자. 검성(劍聖)께서 널 선택한 것이더냐?

갑작스러운 구지신개의 전음에 남궁화옥은 순간 어떻게 반응해야 할지 몰라 입을 다물었다.

"……."

―너무 뻔한 물음이었나? 내가 남궁세가를 모르는 것도 아니니 네가 아니면 딱히 누구에게 전수할 것 같지도 않아서 물어본 거니 걱정하지 마라. 너희 세가에서 공식적으로 알리기 전까진 어디다 말하고 다니진 않을 것이니.

―감사합니다.

―확실히 내가 봐도 너와 비슷한 재능은 몇 없긴 하구나.

몇 없다는 구지신개의 말에 남궁화옥의 눈에 의구심이 떠올랐다.

남궁화옥은 겉으로 표현을 하지 않았을 뿐 자신이 폐관 수련을 시작할 때 자신의 할아버지이자, 무림에서 검성이라 추앙받는 남궁유에게 선택받았다는 사실에 누구보다 좋아했다.

그랬기에 고통스럽고 힘든 수련을 버텨낼 수 있었는데 자신과 비슷한 재능이 있다는 말에 살짝 화가 날 수밖에 없었다.

그리고 그 순간 구지신개와 남궁화옥의 고개가 동시에 뱃머리 쪽으로 향했다.

거슬러 올라가던 배의 속도가 급격히 떨어지기 시작한 것이었다.

그리고 그때 차진호가 찾아왔다.

"전방에 수적들이 있어서 제가 속도를 줄이라고 했습니다."

지악천

"이 근방 수적이라면 음…… 장강수로십팔채(長江水路十八寨)의 교룡채인가?"

"아십니까?"

"물론 머리로만 정보에 능한 개방도가 이런 기본적인 것도 모를까."

차진호의 물음에 구지신개가 자신의 머리를 손가락으로 톡톡 두드렸다.

"그건 그렇고 어떻게 할 거냐? 포두로서 공무에 나서야 하지 않겠더냐."

"음…… 원래 관할 밖에서 일어난 일엔 나서지 않는 것이 맞긴 한데 말이죠……."

살짝 고민하는 투로 말끝을 흐리는 차진호의 표정을 본 구지신개가 물었다.

"왜? 근질근질하더냐? 네가 어디까지 통하는지?"

차진호가 자신의 마음을 읽은 듯한 구지신개의 말에 쓰게 웃었다.

"뭐, 그렇다는 거지만, 굳이 나서지 않아도 된다면 나서지 않을 생각입니다."

"네가 아무리 포두라고 해도 세상 돌아가는 생리를 굳이 흔들 필요는 없는 법이지."

잘 생각했다는 듯이 고개를 끄덕이는 구지신개와 차진호의 얘길 듣고 있던 남궁화옥이 물었다.

"도와줄 사람이 없는 것도 아닌데 굳이 이렇게 번거롭게 할 필요가 있습니까."

남궁화옥의 말에 차진호와 구지신개가 동시에 그를 바라보았다. 둘의 입가에는 자조적인 미소가 그려졌다.

 차진호와 구지신개도 옳고 그름의 방향성만 놓고 본다면 그의 말이 옳다는 것쯤은 알고 있었다.

 하지만 현실적으로는 때에 따라서 옳지 않은 일이라도 나서지 말아야 하거나, 눈을 감아야 하는 일도 있는 법이었다.

 그렇게 현실과 타협을 할 수밖에 없는 일은 세상에 종종 있었다.

 지금과 같은 경우도, 중원에 있는 모든 수적을 상대로 모든 이들을 지켜줄 수 없는 일이라는 걸 알기 때문이었다.

 이러한 현실적인 문제의 생리를 잘 알고 있는 차진호와 구지신개가 보기엔 남궁화옥은 한없이 어리게 보일 뿐이었다.

 "일단은 지켜보면 된다. 우리가 나서야 할지 말아야 할지. 판단은 그때 가서 생각해도 늦지 않는다."

 그렇게 그들이 배꼬리에서 기다리는 동안 천천히 움직이던 배가 완전히 멈춰 섰다.

 "아무래도 이쪽에서 저쪽으로 건가는 모양새로군."

 일반적으로 수적과 협상하기 위해서 움직이는 일은 흔한 일이었다.

 "……정말 이대로 있어도 되는 겁니까?"

좀처럼 남궁화옥은 자신의 의견을 굽힐 생각이 없는 모양이었다.

"후…… 네가 나서도 상관없다. 다만, 네가 모든 책임을 질 생각이라면 말이다. 앞서 말했듯이 협상 결과가 틀어진 이후에는 네가 어떻게 한다 해도 말릴 생각은 없으니까 정 나서고 싶다면 그때 하면 된다."

"그렇지만…….."

재차 말을 하려고 했지만, 때마침 뒤에서 남궁화옥의 어깨에 손을 올린 남궁진원이 핼쑥한 얼굴로 자신의 동생을 보며 고갤 흔들었다.

구지신개의 말대로 나서지 말란 뜻이었다.

"……알겠습니다."

남궁화옥은 만류에도 왜 그래야 하는지 이해하지 못해 불만족스러운 얼굴이었지만, 주위에서 나서지 말라니 겉으로나마 굽힌 모양이었다.

"너희 세가에서 너에게 경험이 필요하다고 생각하면 어련히 무림행을 시킬 것이니 그때 네가 하고픈 대로 하면 된다. 하지만 지금은 그저 협상의 결과를 기다리면 된다."

살짝 돌려 말한 것이지만, 세가에 말하고 밖으로 나가라는 뜻이었다.

그렇게 잠깐의 시간이 흐른 뒤 우당탕거리는 소리와 함께 배가 출렁거렸다.

"쯧. 네 녀석이 원하는 상황이 벌어지려는 모양이다."

단순히 배가 출렁거리는 것만으로 상황을 파악한 구지신개의 말이 끝나기 무섭게 그들 중 차진호가 봇짐을 내려놓고 철봉만 든 상태로 먼저 움직였다.

그리고 그런 차진호의 뒤를 따라서 남궁화옥이 움직였다.

"너희는…… 됐다. 그냥 있어라. 저 둘이면 어지간한 수채 네댓은 박살낼 테니까."

구지신개는 아직도 난간을 붙잡고 있는 남궁위와 핼쑥한 얼굴인 남궁진원을 보며 고갤 흔들었다.

먼저 움직인 차진호는 검과 도를 쥔 상태로 상단의 짐을 털어가려는 수적들이 배에 잔뜩 올라타려는 모습에 빠르게 철봉을 뻗어서 그들을 두들겼다.

퍼퍼퍼퍽!

"끄아악!"

"끄르륵."

7척의 길의 철봉이 차진호의 손이 움직이는 대로 부드럽게 따라 움직이더니 가장 앞선에서 움직이던 수적들을 두들기며 그들의 헤집어놓기 시작했다.

그리고 차진호의 뒤를 따라온 남궁화옥도 검을 뽑아들고 달려들었다.

풍덩! 풍덩! 풍덩!

마치 양 떼에 달려든 두 마리의 늑대가 된 듯한 모양새로 차진호와 남궁화옥은 건너오려던 수적들을 배 밖으로 두들겨 패면서 밀어냈다.

그렇게 밀려들던 수적들이 차진호와 남궁화옥에 막혀 주저하자, 결국 다른 이가 나섰다.

"에이! 비켜! 시원찮은 놈들!"

"우와아아아! 부채주님이다!"

함성과 함께 수적들이 뒤로 물러나면서 부채주라고 불린 이가 모습을 드러냈다.

그러자 차진호와 남궁화옥은 앞으로 나선 이를 바라봤다.

한쪽 눈에 긴 자상으로 인해 안대를 하고 있어서 그런지 더욱 날카로운 인상의 이가 큰 환두대도를 들고서 차진호와 남궁화옥의 앞에 섰다.

"어디 겁대가리…… 뭐야 포두잖아? 빌어먹을 새끼가!"

앞으로 나선 부채주는 배에 관인이 타고 있는 줄 몰랐던 모양이었다.

"젠장. 재수 옴 붙은 날이군."

이미 상황이 벌어진 이상 되돌릴 수 없다는 걸 잘 알고 있는 부채주는 누군가를 탓하기를 포기하고 빠르게 현실을 받아들인 모양이었다.

"평소 같으면 짐만 털고 목숨은 살려주려고 했는데 포두가 있다면 얘기가 달라지지."

차진호에게 집중하고 있는 부채주의 모습에 남궁화옥은 순간 울컥했지만, 상황 파악을 아주 하지 못할 정도로 바보는 아니었기에 일단 입을 다물고 있었다.

"거참, 수적 놈이 포두를 보면 도망쳐야지 오히려 죽이겠다는 말부터 나오네. 세상 참 좋아졌네."

차진호는 자신의 감정을 그대로 드러냈다.

어디를 가든 오는 말이 고와야 가는 말이 고운 법이었다.

차진호의 말에 부채주의 볼이 부들거리는 게 선명하게 보일 정도였다.

"이노오오옴!"

결국 화를 참지 못한 부채주가 큰 환두대도를 휘두르며 달려들었다.

쩌어엉! 퍽! 퍼퍼퍽!

"우우욱!"

차진호는 철봉으로 부채주의 환두대도를 쳐내기 무섭게 봉을 회수한 후에 한 치의 망설임도 없이 가슴, 복부, 양어깨를 찔렀다.

그리고 곧장 봉의 중심을 잡고 양 끝으로 부채주의 머리를 내려찍고서 곧바로 턱을 올려쳤다.

퍽! 쾅! 풍덩!

정말 별것 아닌 동작으로 부채주의 신형을 띄워 그대로 강으로 날려버린 차진호가 자신의 철봉을 거두며 바닥을 두드렸다.

쿵! 쿵!

"호북성이 내 관할이 아닌 곳에서 사고 치긴 싫었지만, 너희가 벌주를 택했으니 그 벌은 분명히 받아내야

지악천   172

겠다."

부채주를 상대로 짧게나마 펼쳐진 봉황등천식(鳳凰
騰天式)으로 인해서 단전에 있던 움츠려있던 내공이 본
격적으로 활성화된 탓인지 차진호가 뿜어내는 기운이
강해졌다.

그리고 그런 모습을 가장 가까이에서 지켜본 남궁화
옥의 눈에는 놀라움이 가득했다.

아는 만큼 보인다고 했던가.

차진호의 동작은 하나하나가 간단하고 기초에 기반한
동작처럼 보였지만, 연달아 펼쳐지는 동작에는 군더더
기가 없었다.

적어도 남궁화옥의 눈엔 그렇게 보였다.

남궁세가가 검으로 드높은 명성을 가진 세가라고는
하지만, 기본적으로 십팔반병기(十八般兵器)의 기초
이상의 수준을 기본적으로 숙지해야 했다.

그래야 상대의 무기에 당황하지 않고 대처할 수 있기
때문이었다.

무공에 대한 재능도 있고 많은 무공을 보고 자라온 남
궁화옥의 눈은 그다지 낮은 편이 아니었고, 구지신개
와 차진호가 왜 동행하고 있는지 알 수 있는 순간이었
다.

'개방의 장로씩이나 되는 사람이 어찌 포두에게 가르
침을 내렸는지 충분히 이해할 수 있는 정도야.'

투웅.

남궁화옥이 자신을 쳐다보고 있든 말든 관심도 없는 차진호는 그 순간 가볍게 바닥을 차오르며 다수의 교룡채의 배 중 하나에 올라타 수적들을 빠르게 헤집어놓기 시작했다.

퍼퍼퍽! 풍덩! 풍덩! 풍덩!

한 번의 타격에 한 명씩 물에 빠지면서 선상의 수적들을 정리했다.

남궁화옥은 가볍게 이를 지켜보다가 자신도 차진호가 향한 배가 아닌 다른 교룡채의 배로 뛰어올랐다.

그리고 어느새 뱃머리로 다가온 구지신개는 그런 그들의 모습을 지켜보며 고개를 절레절레 흔들었다.

그렇게 짧은 시간 만에 교룡채에서 나온 수적들의 배에서 수적들을 전부 두들겨 패서 강물에 빠트린 차진호와 남궁화옥의 모습에 불안한 시선으로 상황을 지켜보던 상단의 상인들과 호위들 그리고 선주와 선원들이 환호했다.

그들의 환호를 받으며 다시금 배로 돌아온 둘은 상단을 이끄는 이와 선주의 감사를 받으며 다시금 배꼬리로 돌아왔다.

차진호는 내심 불만족스러웠다.

교룡채가 워낙에 형편없었기에 제대로 된 손맛도 느껴보지 못했다.

하지만 남궁화옥은 차진호와는 달리 묘한 성취감을 느낀 모양이었다.

174

그에겐 이 싸움이 생전 처음 해본 협객행이라고 할 수 있는 순간이었다.

그런 그들의 표정을 읽은 구지신개는 속으로 웃음을 참았다.

'하나는 불만족, 하나는 만족을 넘어서는 성취감인가? 아직 제대로 다듬어지지도 않았는데 남궁세가가 꽤나 골치 아프게 생겼군.'

구지신개는 이제까지 살면서 어설픈 선협질 또는 협객질로 수많은 사건사고를 일으킨 이들의 결말을 잘 알고 있었다.

정말 극소수의 경우를 제외한 대부분의 경우 그 끝은 가장 추악한 죽음 또는 지독하게 외로운 삶이었다.

'뭐, 남궁세가도 그런 이들의 결말을 알고 있으니 철저하게 단속하겠지.'

구지신개가 남궁화옥을 신경 쓰는 건 거기까지였다.

그렇게 남궁 형제와 떨어져 뱃머리로 다시 돌아온 차진호와 구지신개는 대화를 나누기 시작했다.

"첫 실전인데 마음에 들었나?"

"뭐, 나쁘지 않은 느낌이긴 한데. 상대가 상대인 만큼 가늠은 힘듭니다."

자신의 강함이 어느 정도인지 가늠하지 못했다는 차진호의 말에 구지신개 역시 동의한다는 듯이 고갤 끄덕였다.

"음…… 그건 그렇지. 말로만 너는 이만큼 강하다. 저

만큼 강하다. 라고 해봤자, 직접 경험해보지 못했으니 체감은 어렵겠지. 하지만 최소한 네가 나에게 기초를 배우면서 늘어난 실력은 거짓이 아니라는 것쯤은 알고 있지 않더냐?"

"예. 확실히 관에서 배우는 아주아주 기초적인 봉술 보다 확실한 실전적인 움직임에 쓸 만한 까진 아니어도 괜찮은 내공심법까지 내주셨으니 믿지 않을 수가 있겠습니까."

차진호의 말에는 진심으로 고마워하는 감정이 담겨 있었다.

하지만 그런 차진호의 말에 구지신개는 아쉬움이 진하게 담겨 있는 목소리로 물었다.

"진심으로 그렇게 생각한다면 나를 따라서 개방에 적을 두는 것이 어떠냐?"

구지신개의 말에 차진호는 고갤 흔들었다.

"정말 계속 그러시다가 포두님에게 호되게 당합니다."

"쩝……."

지악천에게 말하겠다는 말을 돌려서 하는 차진호의 엄포에 구지신개는 입맛을 다실 수밖에 없었다.

앞서 종남을 봉문 시켜버렸다는 지악천의 무위는 정말 구지신개로선 입이 떡하니 벌어질 만한 수준이었기에 이전에 그의 경고가 다시금 머릿속에 떠오를 수밖에 없었다.

'진짜로 하고도 남겠지.'

구지신개는 자신이 차진호를 끌어들이는 순간 그를 되찾겠다고 개방의 총단을 모조리 뒤집어엎고도 남을 지악천의 모습을 떠올렸다.

펼쳐지는 암울한 미래에 부르르 떨었다.

"정말 끔찍하군."

"예? 뭐가 끔찍합니까?"

"아, 아니다. 별거 아니니까 신경 쓰지 마라."

구지신개는 정말 최선을 다해서 고갤 흔들었다.

'그러고 보니 슬슬 돌아간다고 보냈던 소식이 닿을 때인가?'

구지신개는 천중산을 떠나기 전에 제갈수에게 서신을 보내 놓은 상태였다.

차진호와 구지신개가 동정호로 향하는 배를 타고 움직이던 그때 서신을 받은 제갈수는 가볍게 서신을 들고 일어서려고 했다가 이내 다시 자리에 앉았다.

그리고선 밖에 대기하고 있는 천룡대원을 불러서 지악천에게 구지신개가 보내온 서신을 전달하라고 말했다.

'왠지 만나기 찝찝해. 그의 심경의 변화가 잘 끝나면 좋겠지만, 적어도 아직은 아닌 이상에는 그리고 형제처럼 지내던 이가 온다고 하니 이전같이 될 수도 있겠지만…… 일단은 기다려 봐야겠군.'

지악천은 제갈수가 보내온 서신을 전해 받고 읽은 후

가볍게 삼매진화를 일으켜 서신을 흔적도 남기지 않고 태워버렸다.

'상당히 오랜만이네. 거의 2년만인가?'

지악천은 처음 차진호를 만난 후로부터 구지신개와 그가 떠나던 날이 처음으로 길게 떨어진 기간이었다.

'그러고 보니 녀석과 어떻게 만나게 됐는지도 잘 생각이 나질 않네.'

차진호와는 달리 지악천의 시간은 많은 것을 잊기 충분한 시간이었다.

아무튼 가히 인생의 동반자급이라고 해도 손색이 없을 정도로 많은 시간을 차진호와 붙어 다녔던 지악천이었다.

'나도 그렇고 진호도 그렇고 많은 게 달라졌네.'

지악천은 지금도 간혹 헷갈리곤 했다.

과연 그 기억이 진짜가 맞긴 한 건가? 아니면 그것은 단순한 자신의 꿈이 아닐까 하는 생각을 최근 들어 다시금 하는 상황이었다.

'하지만 꿈이라고 하기에는 이 현상은 누구에게도 설명할 수가 없겠지.'

[성명: 지악천(池樂天) 별호: 묘(猫)포두, 악귀, 대(大)포두 천귀(天鬼)

소속: 남악현청 직책: 포두(捕頭)

무공수위: 화경 내공: 250년

보유 무공
심법: 천원무극단공(天元無極丹功) 9성
검법: 천하오절(天河五絶) 9성
권법: 무형류(無形流) 9성
보법: 환영신보(幻影神步) 9성
신법: 무영비(無影飛) 9성
음공: 육합전성(六合傳聲)
환골탈태(換骨奪胎)
반박귀진(返朴歸眞)]

모든 것을 꿈이라고 치부하기엔 이런 특이한 현상과 자신에게 주어진 환상 같은 힘은 허구가 아닌 실제였다.

'하지만…… 지금은 모두가 살아 있는데 과연 복수해야 하나?'

장장 반년 동안 끊임없이 이 주제만 가지고 생각하고 또 생각했지만, 결론이 나오지 않았다.

이제까지 수단과 방법을 가리지 않고 충돌했던 모든 것들을 치워버렸던 지악천이 지금 와서 하는 생각을 누군가가 듣거나 알았다면 참으로 얄팍하다고 해도 할 말이 없을 정도였다.

분명 지금까지의 지악천의 성장 발판은 분명 기억 속에 존재하는 혈인의 존재였다.

오직 자신의 수하들을 죽이고 자신의 가슴팍에 검을

찔러넣은 놈에게 복수하기 위해서 지금까지 노력해왔는데 지금에서야 회의감이 든다는 것 자체가 괴변이고 헛소리였다.

분명 그런 사실을 지악천도 인지하고 있었다.

지금처럼 넘치는 힘을 얻음으로써 더는 누군가가 다치지 않고 끝낼 수도 있다는 생각 또한 하지 않을 수가 없었다.

특히 그날 거의 9할 이상으로 혈인이라고 추측되는 진양과 마주한 날부터 든 생각이었다.

하지만 또 다른 문제에 직면했다.

만약 여기서 모든 은원관계를 청산하고자 했다면 지악천은 그날 유운을 죽이지 말았어야 했다는 것이었다.

앞서 진양과 마주치기 이전까지 그의 손에 명을 달리한 종남파 무인들이야 어쩔 수 없다지만, 진양이 쓰러진 후에 자신의 모든 것을 풀어내며 달려드는 유운을 상대로 지악천은 그렇게도 치열하게 싸웠던 사실이 무색할 만큼 단칼에 그를 베어냈으니까 말이다.

"음……."

결국은 또다시 이렇다 할 결론을 내지 못한 지악천이 가볍게 침음을 흘린다.

동시에 백촉이 지악천의 허벅지 위로 뛰어올랐다.

폴짝! 묵직!

일반적인 고양이답지 않게 커다란 백촉의 무게가 지

악천의 허벅지에 고스란히 전해져왔지만, 이 정도의 무게로 무거워할 지악천이 아니었다.

"왜 그래?"

지악천의 물음에도 백촉은 미동 없이 지악천의 허벅지에 똬리를 틀고 있을 뿐이었다.

스윽, 스윽.

자신의 답에 침묵을 유지하는 백촉을 보며 손을 들어 쓰다듬었다.

"내가 쓸데없는 고민을 하는 건지도 모르겠다."

지악천도 알고는 있었다.

모든 건 시간이 해결해준다는 것을.

그날이 오면 놈에게 복수하고 오지 않는다면 그냥 넘어가면 된다는 것을.

예전에도 계속 같은 답을 내놓고도 진양과 단 한 번의 만남이 그 모든 것을 송두리째 흔들어버린 게 지금까지 지악천이 이러고 있는 이유기도 했으니까 말이다.

"오랜만에 밖에서 먹을까?"

여기서 밖이란 말은 객잔이 아닌 남악의 밖을 뜻했다.

그런 지악천의 말을 제대로 알아들었는지 백촉이 그에 호응이라도 하듯이 재빠르게 그의 허벅지에서 내려와 문으로 향했다.

빠르게 내려와 빨리 가자는 듯이 문 주위를 맴도는 백촉의 모습에 지악천은 가볍게 미소를 지으며 밖으로 나섰다.

"어디 가십니까?"

집무실에서 밖으로 나오는 지악천과 백촉을 본 후포성이 다가와 물었다.

"저녁은 오랜만에 밖에서 사냥해서 먹으려고. 왜? 같이 가려고?"

"아. 아닙니다. 둘 다 자릴 비워야 하겠습니까. 다녀오시죠."

"흠. 그래? 무슨 일 있으면 신호 보내. 바로 달려올 테니까."

바로 달려오겠다는 지악천의 말에 후포성이 농으로 받아쳤다.

"제가 감당하지 못할 상황이라면 신호를 보내기도 전에 죽을 텐데요?"

"그렇네. 뭐, 그러면 복수라도 해주마."

"……."

농을 너무 진지하고 담담하게 받아버리는 지악천의 말에 후포성은 입을 다물었다.

그리고 그런 후포성의 어깨를 가볍게 두드린 후에 지악천과 백촉이 현청 밖으로 빠져나갔다.

촤아아악. 촤아아악.

물살을 가르는 배가 목적지인 1차 목적지인 악양(岳陽)에 도착했다.

최종 목적지인 장사까지는 이제 만 하루 정도 걸릴 예

정이었지만, 차진호와 구지신개는 악양에서 내리기로
했다.

 그들이 내리자 남궁 형제들까지 내렸다.

 물론 그들도 목적지가 동정호라고 했으니 원강(沅江)
아니면 악양에서 내리는 게 맞긴 했다.

 그런 그들이 따라붙으려고 하기도 전에 구지신개가
선수를 쳤다.

 "우리는 갈 길 바쁘니까 먼저 간다."

 그런 구지신개의 말에 따라서 차진호도 가볍게 묵례
를 하자, 남궁위는 딱히 할 말이 없었다.

 그리고 그의 억지에 따라서 본래 예정에 없던 악양까
지 오게 된 남궁진원과 남궁화옥은 남궁위와는 달리 담
담한 표정이었다.

 "아니, 그…… 하."

 뭐라 말을 붙이기도 전에 빠르게 자리를 뜨는 차진호
와 구지신개의 뒷모습만 아쉬운 감정을 잔뜩 담아 바라
보던 남궁위가 따라가려고 했지만, 이내 앞을 가로막
은 남궁진원에게 제지당했다.

 "형님. 그만하면 됐습니다. 형님의 말이 맞았다는 것
도 확인했고, 거기다 그에게 구지신개 장로가 붙어 있
는 이상 형님이 하고 싶은 대로 할 수도 없는 상황입니
다."

 "쩝. 아쉬워서 그렇지. 너도 봤잖아. 특이한 봉술."

 정말로 아쉬운 것인지 입맛을 다시는 남궁위를 보며

남궁진원이 나직하게 그를 불렀다.

"……형님."

"아아. 알았다고."

그런 그들을 뒤로 한 채 사실상 가장 아쉬운 사람은 다름 아닌 남궁위가 아닌 남궁화옥이었다.

배를 타고 여기까지 오는 동안 남궁화옥은 가장 가까이에서 차진호의 모습을 봐 왔다.

특히나 이제까지 재능만 따진다면 그 누구에게도 밀리지 않을 것이라고 내심 자신했는데 차진호를 만난 순간부터 그 생각이 흔들리기 시작한 것이었다.

'2년…… 고작 2년 만에 정말 가능한 것일까?'

남궁위가 차진호에 대해서 궁금해 했기에 이것저것 많이 질문을 했고, 그 덕에 차진호가 무공을 본격적으로 시작한 게 고작 2년밖에 되질 않다는 것을 알게 되었다.

물론 남궁위와 남궁진원은 그다지 믿지 않는 눈치였지만, 남궁화옥은 최소한 차진호가 굳이 그런 걸 가지고 거짓말을 할 것으로 생각하지 않았기에 믿었다.

'난 세가에서 태어나 검을 잡을 수 있는 나이가 된 후부터 20년을 넘게 수련해서 지금의 경지까지 올라섰는데, 고작 2년이라니…… 확실히 할아버님의 말이 틀리지 않구나.'

남궁화옥은 새삼스럽게 자만하지 말라고 매번 신신당부하던 자신의 조부인 검성 남궁유의 말이 떠오를 수밖에 없었다.

한편 그렇게 남궁 형제들을 떼어놓은 구지신개는 답답했던 속이 뻥 뚫어낸 느낌을 받고 있었다.

"으휴! 귀찮은 거머리 같은 놈들."

그런 구지신개의 신랄한 말에 차진호는 그저 안타까운 마음뿐이었다.

'근데 저렇게 해도 되는지 모르겠네.'

남악에서 평생을 살아온 차진호도 알고 있을 정도로 남궁세가의 위명은 자자하다는 것쯤은 그도 잘 알고 있기 때문이었다.

"이러나저러나 상관없다. 그리고 그 집구석 인간들이랑 내가 또 잘 아는 사이다. 그러니 아무런 문제도 없다는 거지."

차진호의 생각을 읽었는지 웃음기를 머금은 말투로 말했다.

그런 사실과는 별개의 찝찝한 감정이었다.

종남파는 봉문으로 인해 내부적인 분위기는 음울함을 넘어선 그 무언가와 비슷했다.

하지만 그런 것치곤 한창 수련이 이어지고 있었다.

물론 그날 진양의 만류 덕분에 살아남은 이들이 대부분이었고 또한, 봉문으로 인해서 외부와 단절된 상황에서 궁핍하게 생활을 이어가야 했기에 더더욱 수련에 집중할 수밖에 없는 상황이 강제로 만들어진 것뿐이었다.

이러한 상황 속에도 가장 모범적으로 수련에 임하는 이들 중에서도 단연코 진양이 최고였다.

양과 질. 그 어느 것 하나 빠지지 않고 종남파에 있는 그 누구보다 자신을 혹독하게 밀어붙이면서 수련에 매진하고 있었다.

사실상 장문인으로 내정된 것이나 마찬가지인 진양이 자신을 혹독하게 밀어붙이는 건 별다른 사유가 있는 것은 아니었다.

혹독한 수련에 매진할 만한 요소가 사부의 죽음, 사형제들의 죽음. 사문의 봉문 이런 것이 아니었다.

그날 지악천을 짧게나마 마주한 순간에 남은 기억이었다.

그날의 기억이 그렇게 혹독하게 자신을 몰아붙이는 원동력이 되고 있었다.

결과적으로 어떻게 본다면 마치 지악천이나 진양이나 상대가 좋은 자양분이 되고 있다고 해도 좋을 정도의 수준이었다.

'한순간이지만, 지독하리만치 아득하고 진득한 살기였지. 마치 불구대천의 원수를 만난다면 그러한 살기를 내뿜을 수 있을까 싶을 정도였지.'

그날 진양이 느껴본 살기는 그가 살면서 단 한 번도 느껴 볼 수 없을 정도로 온몸이 난도질당할 것 같은 살기였다.

물론 당시에 지악천은 그러한 사실을 인지하지 못했

지만, 그 살기를 직접 마주했던 진양은 그 순간엔 아무 생각도 할 수 없었지만, 지금에서야 돌이켜보면 그건 사람이 가질 수 없는 살기였다고 생각했다.

그만큼 지악천이 그때 본능에 가까운 수준으로 뿜어낸 살기가 진양을 자극한 셈이었다.

하지만 그렇게 자극당한 진양의 수련 성과는 답보상태였다.

'종남의 무공으로는 놈을 당장 따라잡을 수 없다.'

진양은 결국 종남의 무공으로 지악천을 따라잡을 수 없다는 결론을 냈고 죽은 유운의 방으로 향했다.

진양은 유운의 제자이기에 그가 무수한 무공을 익히고 있다는 사실을 알고 있는 몇 없는 이들 중 하나였다.

물론 진양 역시 그러한 사부인 유운에게 몇 가지 배우긴 했지만, 당시의 진양은 종남의 사람이라는 자부심이 더 컸기에 그저 이런 무공이 있구나 싶은 정도에 그쳤을 뿐이었다.

말 그대로 수박의 겉핥기 수준으로 익혔단 뜻이었다.

종남파가 봉문을 시작한 지 딱 한 달째 되는 날이었다.

장사로 향하는 도중 차진호와 구지신개의 뒤로 죽립으로 얼굴을 가린 사내가 은밀하게 따라붙었다.

"개방의 구지신개. 맞소이까?"

목소리가 살짝 혼탁한 느낌의 죽립인의 물음에 구지신개가 얼굴을 찌푸렸다.

"어디 소속인 놈이더냐?"

구지신개는 혼탁한 목소리에도 죽립인이 자신보다 어리다는 걸 알 수 있었다.

"……딱히 소속은 없소. 단지 구지신개 당신에게 볼 일이 있을 뿐."

죽립의 사내의 말에 옅게 깔린 적개심을 느낀 구지신개가 팔을 뻗어 차진호를 밀어냈다.

―비켜서라. 좋은 의도로 접근한 게 아니니.

"무슨 용건이더냐?"

"8인회."

죽립인의 말은 구지신개가 전혀 예상하지 못한 말이었다.

"누구에게 들은 것이더냐?"

'짐작될 만한 이들은 둘뿐이고…… 설마?'

죽립인에 묻는 와중에 빠르게 머리를 굴린 구지신개는 대상자를 좁힐 수 있었고 그가 입을 열기 전에 다시 물었다.

"설마…… 유운의?"

움찔.

죽립인의 얼굴은 죽립에 가려 잘 보이진 않았지만, 분명 반응을 보였다.

'유운의 제자라면 진양 그놈밖에 없겠군. 지 포두에게 살아남은 유일한 사람이니.'

구지신개에게 자신의 정체를 들켰다는 걸 인지한 죽

지악천 188

립인이 결국 죽립을 들어 올렸다.

"너……!"

죽립을 올리며 드러난 얼굴은 구지신개가 알고 있는 진양의 얼굴이 맞았다.

하지만 분명 이전에 구지신개가 알고 있던 진양의 얼굴임에도 그 얼굴이 주는 인상이 달라져 있었다.

'……미치겠군.'

진양이 겉으로 살기를 드러내거나 하진 않았지만, 눈에 품고 있는 살기를 느끼지 못할 정도는 아니었다.

"그래. 네가 나를 왜 찾는 것이더냐?"

"8인회. 당신들이 문제였다. 당신들이 그……놈을 만들어 낸 것이다."

진양이 말을 하면서 몸이 살짝 부들부들 떨렸다.

"그놈을 만들어냈다? 설마 지…… 음. 그게 무슨 소리더냐?"

구지신개는 대충 진양이 무슨 생각을 하는지 이해할 수 있었다.

지악천을 그들이 만들어낸 괴물 같은 존재라고 생각하는 모양이었다.

완전히 방향을 잘못 잡은 생각이었다.

하지만 차진호가 있는 이 자리에서 굳이 지악천을 언급하고 싶은 마음은 없었기에 말을 아꼈다.

하지만 그런 의도에는 관심도 없는 진양이 초를 쳤다.

"네놈들이!!! 그 포두 놈!! 빌어먹을 포두놈이! 우리 사부님과 사형제들을! 크흡!"

진양은 죽은 유운과 사형제들을 떠올리는 순간 또다시 감정에 울컥했다.

그리고 그 반대편에선 지악천이라는 직접적인 언급에 물러서 있던 차진호의 눈빛이 사납게 돌변하려고 했다.

―잠자코 있어라. 저 녀석은 자세한 사정을 전혀 모르고 있으니.

차진호가 움직이려는 순간 구지신개의 전음이 전해져 왔다.

그의 두 발을 붙잡은 전음에 멈추어 설 수밖에 없었다.

―일단 물러서라. 녀석이 볼일 있는 사람은 네가 아니고 나다.

재차 들려오는 전음에 차진호는 하는 수 없이 물러서야 했다.

그리고 진양의 표정은 점점 기괴해져 가기 시작했다.

"다…… 전부다! 8인회 네놈들 때문이야! 그놈만 없었다면 아무도, 누구도 죽지 않았을 텐데!"

진양은 유운과 종남파 무인들이 지악천의 손에 죽은 것이 8인회에 1차적인 책임이 있다고 생각하고 있었다.

당사자인 구지신개가 듣기에는 웃긴 개소리에 불과했다.

전부 다 진실이 아니니까.

"하…… 뭔 헛소리인 줄 알았더니 착각이 심하구나. 진양. 네 사부가 죽은 이유는 제 욕심 때문이었다."

하지만 그런 말이 진양의 귀에 들어갈 리가 없었다.

"개소리! 그런 더러운 놈을 키워낸 더러운 위선자 놈들! 반드시 네놈들을 다 죽여서 네놈들의 목을 영전에 올려놓겠다!"

실핏줄이 터져서 붉어진 눈과 목에 핏대를 세우며 악을 고래고래 지르며 복수하겠다는 진양의 모습은 흡사 광인이라고 해도 이상하지 않을 정도였다.

거기다 그 순간 터져 나오는 기운은 도무지 종남파 무인이라고 생각할 수 없는 짙은 패도(霸道)가 풍겼다.

구지신개는 갑작스러운 진양의 변화에 놀라움을 느끼곤 본능적으로 뒤로 한 걸음 물러섰다.

샥!

펄럭.

그가 물러서기 무섭게 언제 뽑아 들었는지 진양의 검이 횡으로 그어졌다. 검이 넝마의 구지신개의 옷을 가르자 그의 더러운 그의 맨몸이 드러났다.

"이 새끼가!"

구지신개는 진양이 검을 휘둘렀다는 사실보다 나름대로 정들 만큼 입었던 자신의 옷이 이젠 고쳐 입을 수 없다는 사실에 화가 더 난 모양이었다.

지팡이처럼 쓰고 있던 단창을 들어 올렸다.

"겁대가리 없는 애송이가!"

구지신개는 방금 진양이 드러낸 패기가 섞인 기운은 이미 잊은 듯했다.

이십육로타구봉법(二十六路打狗棒法).

본래 삼십육로타구봉법(三十六路打狗棒法)이었던 것을 개량한 구지신개의 독문무공이 진양을 상대로 펼쳐지기 시작했다.

따다다닥! 딱! 따악!

구지신개의 이십육로타구봉법이 진양의 시야를 가득 채우며 그를 두들겼다.

진양은 이전의 표정은 그대로, 손은 간결하게 움직이면서 이십육로타구봉법을 막아냈다.

도무지 단기간에 이뤄낸 성장이라고 하기 믿기 힘든 수준이었다.

'뭐야?'

자신의 이십육로타구봉법을 가볍다는 듯이 받아낸 진양을 바라보는 구지신개의 눈엔 진한 불신이 담기기 시작했다.

그리고 그런 그들의 모습을 지켜보고 있는 차진호의 철봉을 잡고 있는 손에 힘이 들어갔다.

"놈! 어디서 그런 사술을 배웠더냐!"

봉을 거둬들인 구지신개가 날카롭게 진양을 바라보면서 물었지만, 들려오는 대답은 그가 원하는 것이 아니었다.

"크으으! 더러운 놈들! 모조리 죽여버리겠다!"

아무리 봐도 진양은 제정신은 아닌 것처럼 보였다.

하지만 그런 것은 구지신개의 눈에 들어오지 않았다.

무인 중에 진양 같이 싸우는 중에 광증 같은 증상을 보이는 이들도 있었기에 그렇게 이상하게 생각하지 않았다.

말 그대로 종종 있는 흔한 일이었다.

터엉!

물러섰던 구지신개가 다시금 단청을 휘두르며 달려들었지만, 여지없이 진양의 검에 막혔다.

하지만 그것은 구지신개가 유도한 상황이었다.

펑! 쿵!

백결연화신공(百結蓮花神功)을 기반으로 한 백결신장(百結神掌)이 진양의 복부 한 치 앞에서 터져나가면서 공중에 붕 뜬 진양이 바닥에 떨어졌다.

본래 진양이 한방에 나가떨어지지 않았다면 연계로 파옥신장(破玉神掌)까지 쓰려고 했지만, 이렇게 허무하게 한방에 나가떨어진 상황이라 거둬들일 수밖에 없었다.

벌떡!

그런 상황에서 아무렇지 않다는 듯이 가볍게 몸을 튕겨내 몸을 일으킨 진양의 얼굴은 별달리 바뀐 게 없었다.

오직 그의 얼굴에는 분노와 증오만이 가득했다.

우드드득! 드득!

진양이 두 눈으로 구지신개를 노려보면서 머리를 좌우로 틀었다.

그 동작에서 새어나오는 소리는 듣는 사람에 따라서 섬뜩하게 들릴 정도였다.

그러나 구지신개는 그에 해당하는 사람이 아니었다.

오히려 눈이 더 날카롭게 변하면서 반드시 반 죽여놓겠다는 듯이 다시금 진양을 향해서 달려들었다.

본래 구지신개는 종남파와 유운에게 별다른 감정이 없었지만, 자신 앞에서 명명백백한 적의 드러내고 있는 진양의 모습에 그런 생각을 지워버렸다.

'도대체 뭔 짓을 했기에 이런 미친놈이 생겨난 거지?'

진양에게 달려드는 와중에도 진양이 무슨 무공을 쓰는 건지 끊임없이 고민하고 파악하려고 했지만, 구지신개가 알지 못하는 무공이었다.

과거 제갈수가 구지신개에게 송옥자와 유운의 관계에 대해서 알려줬을 것을 전혀 기억하지 못하고 있었다.

그것은 강호에 모습을 드러냈던 많은 기인이사(奇人異士)를 상대로 그들이 사냥하고 다닌 정황이 있다는 말이었다.

당장 그러한 기억조차 떠올리지 못할 정도로 구지신개는 진양을 향해서 맹렬한 공세를 쏟아내며 몰아붙이는 것에만 정신이 팔린 상태였다.

타앙! 태애애앵! 휘리리릭 터어엉!

지악천

사방위로 찌르고 돌려치고 찍고 올려치는 구지신개의 공세를 진양은 부족함 없이 튕겨내고 밀어내고 비껴내고 막아냈다.

 구지신개와 진양의 무위는 겉으로 보기엔 대등한 수준이었다.

 그만큼 둘의 모습은 좀처럼 승부가 나지 않을 것처럼 보였다.

 적어도 견식이 짧은 차진호의 눈에는 그렇게 보였다.

 그래서 한순간 구지신개를 도와줘야 하나 싶었지만, 이내 꾹 참아냈다.

 한창 싸우고 있는 구지신개와 진양에 비교해서 부족한 차진호가 끼어들 수 있는 상황이 아니라는 걸 그들의 공방을 보면서 알 수밖에 없었다.

 '진짜 우물 안에 개구리가 따로 없군.'

 물론 차진호의 우물을 지키는 수준은 지금의 수준으로도 충분했다.

 아무리 지악천에게 영약을 받아서 내공을 급격하게 키웠다곤 하지만, 그 영약으로 얻어진 내공조차 제대로 다듬지도 못한 상황이 아니겠는가.

 정말 구지신개를 돕고 싶다면 그냥 가만히 있거나 또는 이 자리를 떠나서 최대한 빠르게 지악천이 있는 남악에 도착하는 것이 차진호가 할 수 있는 사실상 최선이자, 최고의 수라고 할 수 있었다.

 청죽(靑竹)으로 만들어진 단단한 단창에 선명한 검흔

이 많이 생겨나고 있었다.

'까닥하면 방주에게 힘들게 얻어낸 청죽이 잘리게 생겼군.'

끼리릭! 딱! 푸욱!

쓸데없는 소모전으로 손해를 보는 것은 자신이라는 것을 인지한 구지신개가 힘을 주며 진양의 검을 밀어내는 동시에 옆으로 단창을 던졌다.

양손이 자유롭게 변한 구지신개가 백결신권(百結神拳)을 펼치기 시작했다.

봉을 다루는 것이 개방도로서 필수적인 요소 같은 것이라면 지금의 백결신권은 지금의 구지신개를 있게 만들어준 무공이었다.

소싯적에 무리하게 백결신권을 쓰다가 검에 손가락을 잘렸던 경험을 선사해준 무공이었다.

그런 아픔이 있었기에 더욱 고집스럽게 익혀온 백결신권이었다.

쩌어엉!

간결하게 펼쳐지는 백결신권이 진양의 검면을 때리며 움직임을 제한하는 동시에 빠르게 움직이기 시작했다.

파파팟! 쾅! 터엉!

빠르게 손을 놀리며 진양을 두들기겠다는 의지가 가득 담긴 구지신개의 백결신권이 날아들고 있었다.

지속해서 진양을 압박하고 있지만, 그렇다고 해서 구지신개가 확고한 우위를 점한 것도 아니었다.

제대로 된 타격을 거의 주지 못하고 있었다.

하지만 그런 사실은 전혀 개의치 않는다는 듯이 매섭게 날아들었다.

구지신개의 백결신권이 향하는 곳들은 제대로 가격당하면 극히 위험한 사혈을 비롯한 위험한 혈이 존재하는 곳들이었다.

콰앙!!! 파아앙! 터어엉!

구지신개의 주먹에 맺힌 묵직한 권기가 빠르게 날아들며 진양의 사혈을 향해서 사정없이 두들기는 모습만 보더라도 구지신개가 얼마나 화가 났는지 누구나 알 수 있을 정도였다.

그리고 이런 수준의 살수는 마공을 익힌 마인을 상대로나 쓸 법한 수준의 살수였다.

하지만 그것은 틈틈이 반격하는 진양도 마찬가지였다.

진양의 검은 역시나 구지신개가 알고 있는 종남 특유의 성향이 하나도 보이지 않는 정말 패도(霸道)에 가까운 느낌이 가득 담긴 상황이었다.

구지신개가 운용 중인 백결신권은 유연함이 담겨 있다면 진양의 알 수 없는 무공은 패도적인 성향이 강했다.

그런 이들의 부딪힘은 결국 어느 한쪽의 작은 실수 하나가 승부를 가르기 마련이었다.

지금으로선 누구 하나 그런 작은 실수조차 용납하지

않는 듯한 모습이었다.

계속해서 양측의 손이 어지럽게 움직이는 와중에도 그나마 상대적으로 여유가 있는 쪽은 구지신개였다.

'도대체 이놈은 이런 패도적인 무공을 어디서 익힌 거지? 도가 계열인 종남에 이런 무공을 소유하고 있다는 사실은 들어본 적이 없는데.'

계속해서 공방을 주고받으면서도 지금 진양이 펼치는 무공이 뭔지 알 길이 없었다.

적어도 구지신개가 알고 있는 패도적인 검공 중에선 없다는 것은 확실해 보였다.

'누구에게 이런 검공을 배웠는지는 모르겠지만, 가만 내버려 둘 순 없겠군.'

구지신개가 끝내 가지고 있던 여유까지 버리면서 전력으로 전환하려는 순간 진양이 먼저 돌변했다.

콰아아아앙!

"크읍!"

안 그래도 계속해서 거슬렸던 진양의 패도적인 기운이 폭발하듯 단숨에 구지신개를 압박해 들어왔다.

그렇게 부딪히는 순간 놀랍게도 구지신개가 서너 장씩이나 밀려나 버렸다.

밀린 것보다 더 최악은 구지신개가 전력으로 전환하려는 순간이었단 것이고, 그것이 미약하지만 아주 작은 내상을 만들어냈다.

자신의 내부에 내상이 생겼다는 걸 인지하곤 구지신

개의 눈썹이 역팔자로 휘었다.

작은 내상이지만, 시간을 끌면 점점 불리해질 거라는 사실을 잘 알고 있는 구지신개의 마음이 급해졌는지 서두르기 시작했다.

펑! 콰직.

그대로 몸을 날려 장력을 청성파에서도 최상위의 살수로 손꼽히는 최심장(摧心掌)과 비견된다는 옥현쇄심장력(玉玄碎心掌力)이 진양의 심장을 노리고 날아들었다.

그러나 이미 방비를 하고 있던 그의 양팔에 가로막혀 무위로 돌아갔다.

다만 충격을 완전히 흩어내지 못하고 뒤로 날아가 두꺼운 나무에 강하게 부딪혔다.

"……."

등을 강하게 부딪친 것치고는 진양의 표정은 여전히 큰 변화가 없었다.

이런 충격은 아프지도 않다는 듯이.

오히려 표출되는 분노와 증오심이 더 강해지고 있는 듯했다.

'금강불괴공도 아니고…… 도대체?'

내상을 입은 상태이기에 자연스럽게 생각이 많아진 구지신개의 머릿속은 점점 더 복잡해져 갔다.

진양의 무공이 뭔지 파악이 되면 그에 맞춰서 대처하고 상대할 텐데 당장 그것이 너무나도 극심하게 정보가 부족했다.

펑.

구지신개와는 달리 진양은 가볍게 양어깨를 움직여 자신의 신체를 점검하고 지치지도 않는지 다시금 지독한 패기를 뿜어대기 시작했다.

그 패기의 농도가 직전보다 더 짙고 강대해져 있었다.

진양의 모습을 지켜보는 구지신개의 표정이 좋을 리가 없었다.

그리고 그런 모습을 지켜보는 차진호의 얼굴은 더더욱 좋지 않았다.

* * *

같은 시각 지악천은 후포성이 가져온 서류를 읽으며 나직하게 물었다.

"흠…… 별달리 바뀐 않았네. 요즘은 다들 자리에 만족하는 모양이야."

별다른 감정이 담기지 않은 물음이었지만, 듣는 입장에선 묘하게 질책으로 들렸다.

"아니…… 열심히들 했습니다. 설마 위로 올라가고 싶지 않은 애들이 있겠습니까? 다들 착실히 수련했고 결과가 이럴 뿐이죠."

"누가 뭐래?"

후포성의 말에 지악천이 고개를 들어 그를 보면서 갸

웃거렸다.

"……."

'아니, 그러면 말을 말든가.'

반박하고 싶지만, 괜히 말을 꺼내고 싶지 않았다.

후포성. 그도 어느새 완전히 포두가 된 모양이었다.

"그래. 별달리 변동이 없다면 없는 대로 좋은 거겠지."

그렇게 말을 하며 지악천이 아직 김이 오르는 찻잔에 손을 뻗었다.

쩍.

지악천의 손이 향하던 찻잔에 갑자기 금이 가면서 찻물이 탁자에 서서히 퍼지기 시작했다.

재빠르게 탁자에 있는 종이들을 전부 치운 지악천이 후포성을 노려봤다.

마치 네가 그랬냐는 듯이.

"아니, 제가 그랬으면 포두님이 모르겠습니까."

그런 시선을 읽은 후포성이 억울하다는 듯이 빠르게 입을 열었다.

"……뭐, 그런 말은 하지 않았다."

"근데 갑자기 멀쩡하던 찻잔에 금이 가는 걸 보니 왠지 기분이 싸합니다."

지악천 역시 후포성과 같은 생각을 하고 있었지만, 딱히 겉으로 티를 내지 않았다.

단지 뭔가 귀찮을 것 같은 직감 같은 느낌일 받았을 뿐이었다.

그 순간 지악천이 탁자에 남아 있는 찻물 위로 손을 뻗었다.

치이이익.

가볍게 삼매진화를 일으켜 찻물을 증발시켜 버린 지악천의 모습을 보면서 후포성은 어이가 없었다.

"아니, 그냥 닦으면 될 걸 꼭 그렇게 해야 합니까?"

"이렇게 하는 게 더 깨끗해."

대답하면서 나머지 찻물까지 삼매진화로 증발시켜버리고 천으로 탁자를 닦아내는 모습에 후포성은 더 하고 싶은 말이 떠오르지 않았다.

"⋯⋯."

'정말 앓느니 죽고 말지.'

"더 할 말 없지? 그리고 이번에는 딱히 바뀌는 게 없으니 십장들한테 전환 근무로 바꾸라고 하고 입구에서 보자."

"입구요?"

"어. 어차피 저녁 정기 순찰 말고는 달리 할 일도 없잖아? 저녁이나 먹게."

정말 오랜만에 밥이나 먹자는 지악천의 말에 후포성은 어색하게 고갤 끄덕였다.

"⋯⋯뭐, 그러시죠."

툭툭.

그런 후포성의 어깰 가볍게 두드린 지악천이 먼저 집

무실에서 벗어났다.

후포성을 뒤로 한 채 먼저 집무실에서 나온 지악천을 백촉이 맞이했다.

"백촉. 너도 같이 가려고? 내키지 않으면 혼자 사냥하고 와도 되는데? 저번에 나한테 또 졌잖아."

이전에 지악천은 백촉과 또다시 사냥 내기를 해서 당연하게도 이겼다.

"미야야양."

마치 자신이 불리했다는 듯한 억울한 감정이 실린 울음에 지악천은 쪼그려 앉아서 백촉의 머리부터 꼬리까지 쓰다듬었다.

그리고선 마지막으로는 백촉의 얼굴을 양손으로 만지면서 말했다.

"그러니까 날 이길 수 있게 전력을 다했어야지."

지악천은 얼마 전에 백촉이 전력을 다해서 움직이지 않고 있다는 것을 알게 되었다.

특히나 백촉이 격한 움직임을 보일 때마다 점점 강해지고 빨라지는 모습에 자신이 너무 감싸돌며 사는 게 아닌가 싶은 생각까지 들 정도였다.

아마도 자신과 같이 생활하면서 야생성이 떨어진 게 아닌가 싶었다.

본의 아니게 길들였기 때문이라고 말이다.

그렇게 백촉과 함께 현청 밖으로 나가서 잠시 기다리자, 후포성이 밖으로 나왔다.

"가시죠."

그 시각 자신의 방에서 한가로이 책을 읽고 있던 제갈수에게 한 통의 전서가 전해졌다.

전서에는 아주 심각하거나 아주 중요한 정보를 담고 있다는 표식이 그려져 있는 상태였기에 제갈수로선 조심스러울 수밖에 없었다.

'도대체 무슨 일인데 이 표식이……'

전서를 펼치면서 생각하던 제갈수는 전서를 읽으면서 표정이 심각하게 바뀌었다.

벌떡! 쾅!

쥐고 있던 전서를 떨어뜨리며 자리에서 일어선 제갈수가 거칠게 문을 박차고 밖으로 나갔다.

그리고 제갈수가 떨어뜨린 그 전서에는 이런 내용이 쓰여 있었다.

[위급(危急). 봉문 중이던 종남파의 무인들이 참혹하게 몰살당함. 그중 차기 장문으로 낙점됐던 유운 장문인의 수제자 진양만 찾지 못함.]

지악천은 한창 왁자지껄하게 강성중까지 불러서 객잔에서 술까진 아니었지만, 객잔의 2층에 자릴 잡고 많은 음식을 두고 저녁을 먹고 있었다.

그러던 와중에 그들은 갑작스러운 제갈수의 방문에

놀랐다.

특히나 제갈수의 표정이 잔뜩 굳어 있었기에 그를 반갑게 맞이하려던 후포성도 멈칫할 수밖에 없었다.

"아, 아니, 무슨 일이라도 있었던 겁니까? 왜 그런 표정을……."

그런 후포성의 물음을 싹 무시한 제갈수가 지악천에게로 걸어갔다.

"막 들어온 소식이네. 진양을 제외한 모든 종남파의 무인들이 몰살당했다고 하네. 자네…… 혹시 아는 바가 있는가?"

제갈수의 말에 강성중과 후포성의 얼굴이 굳었다.

제갈수의 물음은 지악천에게 다그치거나 하는 그런 게 아닌 정말 단순하게 아는 것이 있냐는 물음이었다.

"모릅니다. 그리고 아시다시피 저는 그 후로 반년 동안 남악에서 벗어난 적이 없습니다."

고개를 흔들며 담담한 목소리로 답하는 지악천이었다.

물론 지악천이 마음만 먹는다면 두세 시진 안에 종남파에 갔다 오는 것은 일도 아니었다.

하지만 어지간한 일에 대해서 나름대로 솔직하게 말하던 지악천의 태도를 생각한다면 당장은 믿어줄 수 있다고 제갈수는 생각했다.

"그렇게 알고 있겠네. 아무튼, 그건 둘째치고 조심하게나. 당장은 급보만 온 상태이고 다른 소식이 온다면 바로 전해줄 테니까."

"예. 감사합니다."

그렇게 지악천과 제갈수가 대화를 주고받는 사이에 강성중은 어느새 자릴 뜬 상태였다.

이 정도의 소식이 제갈수에게 닿았을 정도면 자신에게도 뭔가 소식이 왔어야 했기 때문이었다.

"그리고 미안하네. 괜히 자릴 망친 모양이야."

미안하다는 말에 지악천이 가볍게 별거 아니라는 듯이 고갤 흔들며 말했다.

"아닙니다. 충분히 먹을 만큼 먹은 상탭니다."

"뭐, 그렇다면야 다행이고. 아무튼 다른 소식이 온다면 바로 알려주겠네."

그 말을 끝으로 제갈수도 다른 소식이 언제 올지 모르기에 다시금 장원으로 향했다.

"……그냥 돌아가시죠. 어차피 자리는 이미 끝났는데 말이죠."

왠지 상황이 심각하다는 걸 느낀 후포성이 한마디 건네자 지악천은 말없이 고개를 끄덕였다.

그리고 현청으로 돌아가는 길에 후포성이 아까 찻잔에 금이 간 일을 떠올리며 말했다.

"근데 보통 찻잔이 깨질 정도의 불길한 일이 이 일 때문이었나?"

후포성의 말에 지악천의 눈이 깊어졌다.

'흠…… 설마? 아니, 쓰읍.'

후포성이 가볍게 흘리듯이 한 말이 딱 지악천의 마음에 걸렸다.

그래서 그런지 왠지 모를 불안감이 스멀스멀 피어오르는 느낌이었다.

잠시 생각에 빠진 지악천이 걷다가 멈춰 서자, 후포성도 멈춰 섰다.

'내가 뭘 잘못 말했나?'

그렇게 잠시 서 있던 지악천이 입을 열었다.

"천중산에서 이곳으로 온다면 보통 남하하겠지?"

다소 뜬금없는 물음에 후포성은 당황했는지 어버버거렸다.

"어…… 어. 아, 아마도 그렇지 않을까요? 굳이 번거롭게 빙 돌아서 오진 않겠죠? 근데 이거?"

"혹시 모르니 잠깐 돌아보고 올 테니까 일이 있다면 강 형 오면 전해줘."

말이 끝나기 무섭게 가볍게 땅을 박차고 움직이는 순간 백촉도 지악천의 뒤를 따라서 빠르게 따라붙었다.

"아니, 그…… 가버렸네? 근데 종남파는 또 뭔데? 도대체 뭘 하고 돌아다니는 거지?"

그렇게 혼자 남은 후포성은 무슨 상황인지 파악하고 싶어도 제대로 아는 정보가 극히 적기에 고개를 흔들 뿐이었다.

토옥.

자신의 옆구리에 난 상처를 감싼 손가락 사이로 흘러

나오는 피가 바닥에 떨어지는 소리가 구지신개의 귀에
유달리 크게 들려왔다.

"크흡."

처음에 분명 진양을 가볍게 처리할 수 있으리라 자신
했던 구지신개는 이제는 그를 상대로 우위를 점하기도
힘들어 보였다.

'빌어먹을.'

분명 방심 같은 것은 전혀 없었다곤 할 수 없지만, 일
이 이렇게 될 줄은 꿈에도 생각하지 못했다.

거기다 처음보다 눈에 띄게 진양이 강해진 것도 한몫
했다.

'도대체 어떻게 된 거지?'

구지신개는 옆구리에서 흘러나오는 피를 막기 위해서
혈을 누르면서도 계속해서 머릴 굴려봤지만, 마뜩한
답이 나오지 않았다.

이렇게 눈앞에서 빠르게 강해지는 사람은 적어도 없
었다.

지악천과는 많은 것이 달랐다.

물론 지악천도 엄청난 속도로 강해지긴 했지만, 적어
도 구지신개가 알기론 전부 다 그만한 계기가 있었다.

하지만 눈앞에 있는 진양의 경우는 달랐다.

분명 명백하게 싸우면서 강해지고 있었다.

경지가 높고 낮고를 떠나서 말 그대로 싸우는 도중에
빠르게 강해지고 있었던 것이다.

믿기 힘들 정도로 말이다.

'어떡하지?'

구지신개는 고민해야 했다.

지금 자신의 상태로는 진양을 상대로 이길 수도 도망칠 수도 없었다.

그렇지만, 뒤에 있는 차진호가 도와준다면 이길 수도 있을 것 같았다.

하지만 그 생각이 틀렸다면 자신과 차진호는 진양의 손에 죽을 수도 있었다.

반대로 만약 자신이 진양을 막아서고 차진호를 보낸다면 대략 한 시진쯤은 버틸 수 있을 것 같았다.

'빌어먹을. 제자도 아닌 녀석 때문에 이런 고민을 하게 될 줄이야.'

하지만 생각과는 달리 구지신개의 입은 옅은 미소를 그리고 있었다.

"후⋯⋯."

—잘 들어라. 내가 이놈을 상대로 버틸 수 있는 시간은 그다지 길지 않을 것 같구나. 하지만 네가 어떻게든 장사를 거쳐 남악까지 도달할 수 있다면, 지 포두에게 도움을 청하면 살 수 있을 것 같다. 내가 알려준 경신법을 제대로만 쓴다면 충분히 가능하다.

결국 구지신개의 선택은 후자였다.

죽음을 목전에 두니 개방의 무공을 제외한 자신의 모든 것을 이어받은 것이나 마찬가지인 차진호를 살리고 싶은 마음이 들었던 모양이었다.

 그런 구지신개의 전음에 차진호는 입술을 깨물 수밖에 없었다.

 계속해서 쭉 구지신개와 진양의 싸움을 보고 있었던 차진호였기에 구지신개가 무슨 생각으로 그런 말을 했는지 단박에 깨달았기 때문이었다.

 ―네가 정말 날 돕고 싶다면 지금으로선 그 녀석밖에 없다.

 전음을 날리기 무섭게 피가 목구멍을 타고 올라왔다.

"쿨럭!"

 옆구리는 혈을 짚어 지혈했지만, 내상이 도진 모양이었다.

 그 모습을 본 차진호가 발을 무겁게 뒤로 한 발 내디뎠다. 그 순간 진양이 달려들었다.

 대상은 당연히 차진호가 아닌 구지신개였다.

"쿨럭! 가! 어서!"

 그 말을 끝으로 구지신개가 이를 악물고 달려드는 진양을 맞이했다.

 쾅! 촤르르르륵!

 구지신개는 한 번의 부딪힘에 맥없이 밀려 버렸다. 그가 뒤를 힐끗 바라봤을 땐 이미 차진호는 그 자리에 없었다.

 '그래. 너라도 살아라.'

 사실상 차진호가 지악천을 만나 여기까지 오는 것은

사실상 불가능하다고 생각했다.

자신을 향해서 이를 드러내고 있는 진양을 상대하는데 더는 거슬릴 것이 없었다.

'하지만 쉽게 죽어줄 순 없지.'

지금 상황에서 진양을 이길 가능성이 거의 없겠지만, 그냥 쉽게 죽어줄 생각 따윈 없었다.

펑! 퍼엉!!!

차진호가 흙바닥을 차고 뛰어오를 때마다 흙이 튀어오를 정도로 폭발음이 생겨났다.

오로지 빠르게 달려야 한다는 일념 때문인지 나름대로 빠른 속도이긴 했지만, 쓸데없는 내공의 소모가 컸다.

"헉! 허헉!"

차진호가 제대로 경신법을 쓸 줄 알았다면 지금보다 몇 배 이상의 속도로 움직였겠지만, 당장은 이것이 한계였다.

그렇게 해와 나무를 보면서 계속해서 남쪽으로 움직였다.

한편 남악을 벗어난 지악천은 어느새 장사(長沙)를 목전에 둔 상황이었다.

이곳까지 오면서 혹시나 한 마음에 무영비(無影飛)를 펼치는 내내 기감을 최대한으로 넓히면서 왔지만, 딱히 별다른 기척을 느끼지 못하고 있었다.

'괜한 생각이었나?'

불안한 생각 때문에 장사 인근까지 오긴 했지만, 다시금 생각이 좀 과했나 싶은 마음이 들었다.

툭툭.

그런데 그때 백촉이 지악천의 다리를 두드리자, 고개를 내려 아래를 내려다봤다.

"미양!"

지악천의 시선에 눈을 맞춘 백촉이 짧게 울며 앞으로 먼저 튀어 나가기 시작했다.

백촉은 이제까지 비교적 많은 사람과 접촉하지 않았고, 그 덕에 지악천과 관계가 있는 이들의 냄새는 거의 다 기억하고 있었다.

그리고 지악천이 잠시 멈춰선 순간에 동풍(東風)에서 북풍(北風)까지 불어오면서 먼 거리에서 날아오는 냄새를 맡은 것이다.

이제까지와는 비교도 할 수 없는 속도로 달려 나가는 백촉의 뒤를 따라서 지악천도 속도를 올리기 시작했다.

그리고 얼마 가지 않아서 어마어마한 거리까지 퍼져 있는 지악천의 기감에 기척이 걸렸다.

'뭐지 이건?'

지악천의 기감에 느껴지는 감각은 이제까지와는 너무나도 달랐다.

아주 거칠고 투박한 느낌이었다.

물론 지악천이 최대한 먼 거리까지 느끼기 위해서 억지로 늘린 기감이라 자세하게까진 읽기 힘들었지만, 하나는 확실했다.

 지악천의 기감에 걸린 이는 무언가 아주 급하다는 것을 그리고 백촉이 달려 나가고 있는 방향도 딱 그쪽이었다.

 빠르게 거리를 좁혀가던 지악천의 시야에 드디어 그 사람의 신형이 눈에 들어왔다.

 멀리서 보기에 봉을 쥐고 있는 것을 알 수 있었다.

 그리고 좀 더 거리가 좁혀지는 순간 이목구비까지 완전히 눈에 들어왔다.

 '진호다!'

 "차진호!!! 멈춰!!!"

 거칠고 빠르게 움직이고 있는 이가 차진호라는 걸 확인한 지악천이 곧바로 내공을 실어서 고성을 질렀다.

 철푸덕!

 차진호는 한창 속도를 내 달리다 갑자기 들려오는 목소리에 놀라며 멈춰섰다.

 그 순간 제대로 발밑을 보지 못했는지 그대로 나무뿌리에 걸려 고꾸라졌다.

 어느새 차진호의 앞에 도착한 지악천이 그를 일으켜 세우면서 그의 행색을 보고 혀를 찼다.

 "그 거지는 어디 가고 도대체 꼴이 왜 이래?"

 지악천을 오랜만에 마주한 차진호의 눈은 글썽거리고

있었다.

"그게……."

좀처럼 글썽거리지 않는 차진호의 모습에 지악천의
눈이 좁아졌다.

"됐고 어디냐?"

지악천의 단호한 물음은 간단했다.

단지 어디 있냐는 물음뿐이었지만, 차진호에겐 더없
이 적절한 물음이었다.

척.

뒤로 팔을 움직이며 자신이 왔던 방향을 가리켰다.

"포두님…… 아니, 악천 형님. 정말로 시간이 얼마 없
어."

―그래. 다음에도 계속 그렇게 불러라. 그리고 따라
오려고 하지 말고 백촉이랑 같이 기다리고 있어.

차진호가 팔로 방향을 가리키는 순간 지악천의 신형
은 이미 그 자리에 없었지만, 차진호가 하는 말은 제대
로 들었다.

그리고 어느새 차진호의 발치에는 백촉이 다가온 상
태였다.

자신의 곁으로 다가온 백촉의 모습을 본 차진호는 마
치 자신보다 약한 이를 지키겠다는 듯한 느낌을 백촉에
게서 받았다.

투웅!

다시금 기감을 넓게 퍼트린 지악천은 빠르게 북상하

면서 구지신개를 찾기 시작했다.

'만약 살아 있다면 어떻게든 구해준다.'

그렇게 10리쯤 더 이동한 지악천의 기감에 구지신개와 진양의 기척을 감지해냈다.

'한 명이 엄청 위태로……!'

텁! 텅!

그들을 향해 가다가는 순간에 지악천의 얼굴을 향해서 검집이 날아들었다.

지악천은 그것을 가볍게 잡아서 내팽개쳤다.

'싸우는 중에 날 감지한 건가?'

상대가 진양인지 모르고 있는 지악천의 눈에 경계심이 잔뜩 새겨졌다.

최소한 상대가 자신과 동등한 경지라고 가정하고 움직이기 시작했다.

"끄아아악!"

일정 거리까지 좁혀지자, 구지신개의 비명이 지악천의 귀에 선명하게 들려왔다.

하지만 목소리완 달리 그에게서 느껴지는 기운은 점점 사그라들고 있었다.

곧장 검을 빼 들고 구지신개와 진양을 떨어뜨리고자 그들의 사이를 향해서 내공을 한가득 담은 검을 휘둘렀다.

콰콰콰콰콰아아아앙!!

다분히 의도적으로 시선을 끌기 위해서 땅을 긁어내

듯이 날린 검기가 둘을 갈라놓으며 자연스럽게 시선을 끌어왔다.

하지만 구지신개와 진양 중 반응이 빠른 쪽은 단연 진양이었다.

"으아아아아아아!!!"

소리를 지르는 진양의 모습에 지악천의 눈에도 분노가 깃들기 시작했다.

이제까지 참아왔던 모든 것이 터져나갔다.

기억 속의 혈인처럼 피칠갑이 된 건 아닐지라도 지금 꼴을 보니 확실히 그때 그 모습과 거의 비슷했다.

하지만 더 당황스러운 부분은 마치 사람이 달라진 듯한 기세였다.

물론 그 기세가 지악천에게 당황스러울 뿐이지 위압적이진 않았다.

"그래. 그래야 내가 기억하는 개새끼지."

자신을 노려보는 진양을 똑같이 노려보며 가볍게 검파를 잡은 손에 절로 힘이 들어갔다.

그러는 가운데 피를 상당히 많이 흘려서 그런지 혈색이 안 좋은 구지신개는 숨을 헐떡거렸다.

"허억…… 허억……."

헐떡거리는 와중에도 지악천을 보는 구지신개의 눈엔 강한 불신이 깃들어 있었다.

자신의 눈을 믿을 수가 없었던 것이다.

'……내가 이미 죽은 건가?'

하지만 그렇게 생각하기에는 너무나도 많이 차오른 숨이 그나마 현실이라는 걸 주지시키고 있었다.

'도대체 어떻게?'

사실 진양을 상대로 버텨내느라 시간이 얼마나 전혀 감을 못 잡고 있었다.

구지신개가 차진호를 보낸 지 고작 일각을 넘어 이각이 되어가던 시점이었다.

둘의 사이를 벌려놓은 지악천은 빠르게 둘의 사이에 파고들기 무섭게 검을 들고 있는 팔을 뻗었다.

"다 죽어가는 거지 양반. 버틸 수 있나?"

오랜만에 만난 구지신개를 등지며 가볍게 말했다. 구지신개는 대답할 힘조차 기력을 회복하는 데 쓰고 있었다.

"대답하기 힘들면 그냥 뒤로 좀 더 가주면 좋겠어. 괜히 거기 있다가 휘말리지 말고."

지악천은 뒤도 돌아보지 않고 그에게 말했다.

일단 고개를 끄덕인 구지신개가 그대로 뒷걸음질로 물러나고 있었지만, 앞쪽에 있는 진양의 움직임은 별달리 변화는 없었다.

하지만 한 가지는 확실하게 알 수 있었다.

진양의 목표물이 자신에서 지악천으로 바뀌었다는 것을.

구지신개가 슬금슬금 뒤로 멀찍하게 멀어지는 순간 지악천이 진양만이 들릴 정도로 작게 중얼거렸다.

"너나 나나 이러나저러나 어떻게든 최악의 상황에서 만날 수밖에 없는 운명인가보다. 나는 나름대로 최소한 그날이 오기 전까진 어떻게든 잊고 살려고 했는데도 말이야."

씰룩.

뒤에 있는 구지신개의 귀에는 들리지 않을 정도의 작은 목소리는 진양의 청각을 제대로 자극했다.

까드드득!

이를 갈았지만 쉽게 달려들진 못했다.

무공에 취해 미쳐 날뛰는 진양의 본능을 붙잡은 것이었다.

아마도 이전에 지악천의 힘을 간접적으로 확인했기 때문으로 보였다.

第五十章—시작과 끝

"하아아암."

남악에 남은 후포성은 지악천을 대신해서 현령에게 보고를 마친 후에 연무장 한편에 자릴 깔고 가볍게 죽엽청을 마시며 늘어지게 하품을 하는 중이었다.

사라진 지악천에 대한 걱정은 전혀 없었다.

화경의 고수를 걱정할 사람은 손에 꼽을 정도라고 할 수 있었다.

'근데 도대체 무슨 일이 벌어지고 있는 거지?'

자신과 상관없는 곳에서 일어나는 일에 평소에 별로 관심이 없던 후포성이었지만, 주변에 있는 이들이 동요할 정도면 중요한 일이겠거니 하면서 없던 관심도 생긴 모양이었다.

척.

하지만 이내 아무래도 상관없다는 듯이 술병을 입에 대고 술을 들이켰다.

그 순간에 강성중의 전음이 그의 귀에 울렸다.

―없는 거 같은데 어디 갔어?

고갤 돌려 강성중이 있을 만한 곳을 바라본 후포성은 그를 발견하고 전음을 날렸다.

―갑자기 뭔가 걸리는 듯한 표정을 하더니 이내 천중산에서 방향이 뭐라고 하더니 갔습니다.

지악천과의 대화를 대충 흘려들은 탓에 정확하지 않은 정보였지만, 강성중은 충분히 알아들을 수 있었다.

―차 포두. 그 때문인가?

지악천이 어디로 향했는지 감을 잡은 강성중이 이내 자리를 떠났다.

그런 강성중을 보던 후포성은 영문을 할 수 없다는 듯이 그저 고갤 흔들 뿐이었다.

티엉! 펑!

지악천의 권강이 진양의 검면을 후려치자, 폭발하면서 둘의 거리가 멀어졌다.

하지만 멀어진 것은 진양뿐이었다.

지악천은 뒤로 전혀 밀리지 않고 있었다.

충격 여파를 제대로 다 흘려냈거나 받아냈다는 뜻이
었다.

지악천과는 반대로 밀려난 진양의 팔은 부르르 떨리
고 있었다.

충격을 제대로 소화해내지 못했다는 방증이었다.

하지만 순식간에 회복했는지 금세 멀쩡해졌다.

더욱더 패기를 발산하기 시작한 진양이 달려들었다.

우우웅!

그야말로 패기롭게 날아드는 진양의 검을 향해서 지
악천이 손목을 돌리며 검로를 틀어내려고 했다.

하지만 예상했던 것보다 힘이 담겨서 그런지 지악천
의 강기와 진양의 패기가 다시금 힘겨루기 하는 모양새
가 됐다.

진양의 얼굴에 흐르는 땀과 검을 쥐고 있는 손의 혈색
만 보더라도 그가 얼마나 많이 집중하고 있는지 단박에
알 수 있었다.

상대적으로 지악천은 표정만으로도 진양과는 달리 여
유가 느껴질 정도였다.

그렇다고 지악천이 방심하고 있진 않았다.

오히려 진양의 모든 것을 끌어낼 생각이었다.

혹시 모를 모든 변수를 제거할 생각이었다.

'네가 가진 모든 것을 바닥까지 꺼내주마.'

물론 지악천의 생각대로 풀려갈지는 두고 봐야 할 일
이었다.

퍼어어엉!

한 치도 물러서지 않던 지악천의 강기와 진양의 패기가 동시에 폭발했다.

순간적인 폭발에도 그 파급력이 작지 않다는 것을 보여주는 듯이 그 중심에서 일어난 바람에 주변의 나무들의 가지들이 사정없이 흔들렸다.

이전보다 더 큰 폭발임에도 진양은 나름대로 자리를 지키고 있었다.

하지만 뒤로 밀렸을 때보다 표정은 좋지 않아 보였다.

그런 진양을 보면서 지악천이 그를 비웃듯이 한쪽 입꼬리를 올리면서 그를 비꼬듯이 이죽거렸다.

"하…… 고작 이게 다냐?"

말은 그렇게 했지만, 심적으로는 허무함을 동시에 느꼈다.

'하…… 고작 이런 놈에게.'

진양의 모습에 지금까지 자신이 아등바등하며 노력했던 것이 한순간이지만, 허무하다고 느낀 지악천이었다.

물론 지악천도 그때의 혈인과 지금의 진양의 무게감은 가히 천지개벽할 정도의 차이가 있었지만, 그것은 당연하게도 그때의 지악천과 지금의 지악천은 완전히 다른 사람이기 때문이라는 것을 머리로는 인지하고 있었다.

그때는 혈인이었던 진양이 강자였지만, 지금은 반대

지악천 224

로 지악천이 강자의 자리에 섰기에 더더욱 그렇게 느낄 수밖에 없었다.

거기다가 지악천은 혈인이었던 진양을 기억하고 있지만, 지금의 진양은 아무것도 모른다는 부분도 한몫했다.

만약 지악천과 진양이 같은 걸 경험했다면 지금 이 자리에서 누가 우위를 점하고 있을진 아무도 예측하기 힘들었을 것이다.

하지만 결과적으로 그런 기억은 지악천만 오롯하게 가지고 있는 것이기에 이러한 허무한 감정이 맴돌고 있는 것이었다.

그리고 그 당시에 느꼈던 감정을 진양은 반년 전에 느꼈으며 지금 이 자리에서 그 감정을 다시금 느끼고 있었다.

까드득.

지악천을 노려보며 이를 갈던 그 순간 진양의 패기의 기세가 비이상적으로 보일 정도로 다시금 급격하게 커지기 시작했다.

그 모습을 본 지악천의 눈이 날카롭게 변했다.

지금 보여주는 진양의 모습은 그가 기억하고 있는 혈인이었던 진양과는 다르지만, 위험성은 대단히 높아 보였다.

빠르게 폭풍처럼 거대해지던 진양의 기세가 점점 줄어들기 시작하면서 직전까지 패기를 뿜어대던 진양의 기운이 빠르게 혈기로 바뀌기 시작했다.

뒤에서 그 모습을 지켜보던 구지신개가 뭔가가 떠올랐다는 듯이 소리쳤다.

"빌어먹을! 흡혈패왕공(吸血覇王功)!!!"

계속해서 진양이 패기를 뿌려 댔기에 흡혈패왕공을 떠올리지 못했었다.

하지만 진양의 기운이 패기에서 혈기로 바뀌는 순간 흡혈패왕공임을 알아차린 것이다.

"조심해라! 흡혈패왕공은 사람의 피를 흡혈하는 과정에 상대의 내공을 빼앗은 사특한 마공이다!"

다소 괴이한 이름이지만, 지악천은 그 이름을 듣고는 자신의 기억 속에 있는 혈인의 모습을 떠올리며 고갤 끄덕였다.

'흡혈패왕공? 정말 미치도록 잘 어울리는 이름이네.'

지악천의 감상평은 딱 그 정도였다.

확실히 본격적으로 혈기를 띠기 시작한 진양의 모습은 피칠갑만 하지 않았을 뿐이지 혈인의 모습에 가장 가깝다고 할 수 있었다.

'본래 나중에 익혀야 했지만, 나 때문에 시기가 빨리진 건가…… 그리고 제 손으로 종남파의 남은 무인들의 내공을 빼앗았을 테지.'

일반적으로 흡성대법의 형태를 가진 것들은 흡수한 타인의 내공은 정제하는 과정을 거쳐야 했한다.

그런데 본래부터 같은 심법을 수련한 이의 내공이라

면 그 부작용을 최대한으로 줄일 수 있을 것이 분명했다.

거기까지 생각이 닿은 지악천이 어느새 차분해진 눈으로 자신을 바라보는 진양을 향해서 말했다.

"생각해보니 여러모로 개새끼도 저런 개새끼가 없네."

한편 진양의 무공이 흡혈패왕공이라는 것을 알아차린 구지신개의 표정은 자못 심각해졌다.

흡혈패왕공의 출처부터 시작해서 어떻게 그런 사특한 마공을 진양이 익히고 있는지에 대한 생각으로 머릿속이 복잡해진 탓이었다.

겨우겨우 진양의 무공이 흡혈패왕공이라는 것을 떠올릴 수 있었지만, 막상 흡혈패왕공에 대해서는 그도 자세히 알지 못했다.

말로서라도 지악천에게 도움을 줬으면 했지만, 아는 게 없으니 못내 아쉬울 수밖에 없는 구지신개였다.

하지만 그런 구지신개의 생각 따윈 지악천은 아무래도 상관없었다.

스르릉.

집어넣었던 검을 다시 뽑아 든 지악천이 하단전의 내공을 끌어올리기 시작했다.

우우웅!

직전의 권강보다 더 찬란한 빛을 뿜어낼 듯한 선명한 검강이 솟아나기 시작했다.

뒤에 떨어져 있는 구지신개조차 일순간 움츠러들 정도로 압도적인 힘이 검강에 고스란히 나타난 것이었다.

하지만 그런 효과는 진양에겐 나타나지 않았다.

무지막지한 내공이 담긴 검강에도 진양의 눈빛과 표정은 구지신개와 대비될 정도로 무미건조했다.

그런 진양의 눈빛과 표정은 오히려 지악천에겐 절대로 잊을 수 없는 것이었다.

딱 저 표정으로 관졸들을 무참하게 죽였기에 잊을 수 없는 표정이었다.

"나는 오히려 네놈이 이렇게 나와 주니 진심으로 기쁘다. 네놈이 내가 기억하는 놈이 아닌 미숙한 놈인 채로 내 손에 죽였다면 허무할 뻔했으니 말이다."

그 말을 끝으로 지악천이 천하오절(天河五絶) 펼칠 준비를 마쳤다.

그 시각 강성중과 제갈수는 남악을 빠져나와 빠르게 북진 중이었다. 혹시나 하는 상황을 대비해서 움직이고 있지만, 이제야 상담(湘潭)을 넘어선 상황이었다.

계속해서 움직이는 강성중의 옆에서 달리는 제갈수의 안색은 썩 좋다고 할 수 없는 모양새였다.

마치 종남의 맥이 끊긴 게 자신의 탓처럼 느끼고 있는 모양이었다.

나름대로 사건의 내막을 어느 정도 알고 있는 사람이

라서 그런지 그런 감정이 크게 느끼고 있는 모양이었
다.

'내가 끝까지 말렸어야 했나.'

나름의 친우라고 할 수 있는 유운의 어리석은 선택으
로 인한 죽음까지는 그러려니 할 수 있었지만, 갑자기
명문정파의 한 축을 담당했던 종남이 멸문했다는 소식
이 제갈수의 감정을 건드렸다.

마치 제갈수가 당시에 유운을 말리지 못해서 종남이
망해버렸다는 듯한 느낌을 받은 것이었다.

"하아……."

옆에서 어두운 표정으로 한숨을 쉬는 제갈수의 모습
에 강성중은 의아한 느낌을 받았지만, 무슨 일 때문인
지 물어볼 순 없었다.

'누구나 사정은 있는 법이니까.'

그렇게 둘은 어느덧 장사를 넘어서 더 위로 올라가기
시작했다.

'어디까지 간 거지?'

강성중은 움직이는 와중에도 끊임없이 주변을 훑었
다.

그리고 그때 강성중의 눈앞에 새하얀 물체가 빠르게
접근하는 것이 눈에 들어왔다.

그 새하얀 물체의 정체는 다름 아닌 백촉이었다.

"미야앙."

강성중의 기척과 냄새를 먼저 느낀 백촉이 그들에게

먼저 다가온 것이었다.

"이 근처에 있어?"

항상 지악천이 백촉과 대화하듯이 말을 거는 모습을 떠올리며 물었다.

백촉은 강성중에게 대답 대신 행동으로 답했다.

"일단은 따라가시죠."

강성중의 말에 제갈수도 어둡던 안색을 거두며 빠르게 움직였다.

그렇게 백촉의 뒤를 따라가던 강성중과 제갈수는 멀찍이 떨어진 곳에 홀로 서 있는 차진호를 발견하고 속도를 올려 그에게 다가갔다.

차진호 역시 강성중과 제갈수를 발견했다.

"미안하지만, 인사는 나중에 하고 무슨 일인지 말해 주겠나."

제갈수는 차진호가 백촉과 함께 있다는 사실과 지악천과 구지신개가 보이지 않는다는 사실에 뭔가 일이 생겼다는 것을 직감하고 바로 물었다.

제갈수의 물음에 차진호도 곧바로 상황을 설명하기 시작했다.

"……그렇군. 일단 자네들은 기다리고 있게나. 내가 먼저 상황을 보고 오겠네."

"알겠습니다."

설명을 듣고 무슨 상황인지 대충 그림이 그려진 제갈수가 먼저 움직이겠다고 말하자, 강성중은 고개를 끄덕일 수밖에 없었다.

강성중은 자신이 제갈수보다 최소 한 수 이상 밀린다
는 걸 잘 알기에 냉정하게 판단했다.

그리고 차진호를 홀로 둘 수 없기에 제갈수가 홀로 가
는 것이 그나마 최선이라고 생각했다.

빠르게 달려 나가는 제갈수의 얼굴에는 여러 가지 감
정이 뒤섞여 있었다.

콰아아앙. 콰아앙! 콰아아앙!

그렇게 얼마 가지 않았을 때 제갈수의 귀에 선명한 폭
음이 연달아 들려오기 시작했다.

'어떻게 해야 하지?'

제갈수는 계속해서 어떻게 해야 할지 고민하고 또 고
민했지만, 결국엔 답을 낼 수 없었다.

정파로서 두 눈을 감고 종남파의 마지막 명맥을 살려
야 할지 아니면 더 어긋나기 전에 끝내야 할지 말이다.

그렇게 결정을 내리지 못한 채로 소리가 들리는 곳에
서 싸우고 있는 지악천과 진양을 발견했다.

그리고 그 인근에서 몹시 위태롭게 서 있는 구지신개
를 발견하고 다가갔다.

─구지신개!

덥석!

콰콰콰쾅!

제갈수가 구지신개를 부르며 그를 잡고 자리를 이탈
하기 무섭게 지악천과 진양의 여파가 그 자리를 휩쓸고

지나갔다.

털썩.

 좀 더 떨어진 자리로 구지신개와 함께 이동한 제갈수가 그를 내려놓았다.

"빌어먹을. 얼마나 다친 거냐?"

 제갈수는 구지신개를 잡고 옮기는 과정에 자신의 손에 묻어난 피를 보며 자신의 옷소매를 찢었다.

촤악.

"일단 급하니까 이걸로 감싸라."

"……."

 구지신개는 말없이 그가 건네는 소매를 받아서 옆구리를 감쌌다.

"대충 전해 듣긴 했는데 어떻게 된 거야?"

"쓰읍…… 솔직히 나도 뭐가 뭔지 모르겠다. 하지만 확실한 것은 저 녀석이 모임에 대해서 알고 있다는 것. 그리고 그에 대해서 멋대로 크나큰 오해를 하고 있다는 거지. 마지막으로 저 녀석이 쓰고 있는 것이 마공이라는 사실이다."

"마, 마공? 저 녀석이?"

 구지신개의 말에 제갈수의 눈이 커지면서 진양을 손으로 가리키며 되물었다.

"그래. 마공. 그것도 오래전에 사라진 줄만 알았던 흡혈패왕공(吸血覇王功)이다. 나도 알아차린 지 얼마 안 됐다."

"……뭐?"

"제갈수. 네가 믿든 믿지 않은 상관없다. 하지만 내가 그렇게 생각할 수밖에 없는 몇 가지 정황이 있다. 첫 번째. 자신을 바라보는 사람이 주저하게 할 정도의 패기. 두 번째. 지금 네 눈으로 확인 가능할 정도로 농도 짙은 혈기. 그 두 가지를 혼용하는 무공은 그리 많지 않다. 마지막으로 단기간에 저렇게 강해지는 경우는 두 녀석 중 한 녀석만으로도 충분해."

마지막 말이 다소 설득력이 떨어지긴 하지만, 이전의 진양의 모습을 알고 있는 제갈수로서는 충분히 설득될 만한 말이었다.

파아아앙! 콰아아앙!

묵직한 울림에 제갈수의 고개가 지악천과 진양을 향했다가 다시금 구지신개를 향해서 돌아갔다.

"진짜야?"

"네 눈은 옹이구멍이냐? 그리고 언제부터 종남파에 저런 혈기(血氣)를 다루는 무공이 존재했었냐?"

"……없지. 내가 알기로도."

"그래. 지 포두를 상대로 미친 듯이 검을 휘두르고 있는 저 녀석은 누가 봐도 혈기를 두르고 있잖아."

확실히 구지신개의 말대로 제갈수가 봐도 진양의 외견에 보이는 혈기는 정말 너무 또렷했다.

제갈수에게는 정말 말로 다 설명하기 힘들 정도의 별의별 감정이 폭풍처럼 휘몰아쳤다.

"하……. 미치겠군. 다 죽고 남은 놈이 마공을 익힌 놈이라니."

"응? 다 죽다니 누가?"

제갈수의 혼잣말을 놓치지 않을 정도로 기력을 회복한 구지신개가 되물었다.

"아……. 막 출관한 셈이니 모르고 있었겠네. 종남은 사실상 저놈 빼고 전멸했다."

"응? 봉문 했다면서? 아! 저 녀…… 아니, 저 개놈이겠네."

말을 하다가 이내 어떻게 된 일인지 단박에 이해했다. 그리고 그런 구지신개의 생각과 제갈수의 생각은 같았다.

진양이 어떻게 지악천을 상대로 저렇게 싸울 수 있었는지 말이다.

"빌어먹을."

만약 이런 사실이 퍼진다면 정파의 도덕적 당위성에 상당한 흠집이 생길 만한 일이라고 할 수 있었다.

뒤에서 이익이나 명성을 얻기 위해서 협잡질하거나 자잘한 비위를 저지르는 것 따위와는 급이 다른 상황이었다.

말 그대로 죽일 거면 확실하게 죽여서 공표하든가.

아예 다 처리하고 묻은 후에 영원히 미제로 만드는 방법뿐이었다.

물론 전자나 후자나 당장 정파가 입게 된 손실은 어쩔

수 없었다.

'뭐가 어떻게 되든 문제 해결하는 과정을 생각한다면 결국은 살려둘 수가 없어.'

이미 마공에 빠진 놈을 살려뒀다간 나중에 무슨 짓을 벌일지 아무도 예측할 수 없기에 선택지는 하나였다.

그 후에 발생하는 문제를 수습하는 게 차라리 낫다고 생각한 제갈수였다.

그런 제갈수의 표정을 본 구지신개의 눈이 좁아졌다.

"근데 말이야. 내가 아무리 봐도 이건 어떻게 수습을 해야 할지 답이 나오질 않는다. 너나 나나 이 정도까지는 아니라도 유사한 일을 한두 번쯤은 경험해봤지만, 이번 일은 솔직히 어디서부터 손을 써야 할지 감도 안 온다. 더군다나 저렇게 살벌하게 싸우고 있는 상황을 중재할 능력도 없고."

구지신개의 말은 굳이 이런 상황에서 자신들이 나서지 말고 지악천에게 맡기자는 말이나 다름없었다.

그리고 그런 사실을 제갈수 역시 동의할 수밖에 없는 상황이기도 했다.

콰아아앙!

지악천의 검강과 혈기 감도는 진양의 검이 부딪히자 발생한 여파가 주변을 쓸어냈다.

그러는 순간에 맞닿은 상태에서 항상 먼저 움직이는 쪽은 지악천이었다.

이제까지 배우고 몸으로 체득한 모든 것을 아낌없이

털어내고 있었다.

그럼에도 혈기가 넘실거리는 진양의 반응은 지악천이 상대한 사람 중에서도 무왕을 제외하면 최고 수준이었다.

그 말은 무림맹주도 이 정도는 아니었다는 말이었다.

터어엉! 빙그르르. 퍽!

발을 움직이며 검을 부딪친 후 가볍게 몸을 돌려 뒤차기로 진양의 명치를 노렸지만, 진양이 어느새 팔로 가슴을 가리면서 뒤로 밀어낼 뿐이었다.

'생각보다 순간적인 대응력이 좋아.'

지악천이 연신 천하오절 중 삼절까지 펼쳤지만, 전부 다 아슬아슬하게 막힌 상태였다.

물론 아직 남은 수가 많긴 했지만, 우위를 잡아야 하는 지악천의 입장에서 다소 아쉬울 수밖에 없었다.

쐐애애액! 카아앙! 쾅!

천하삼절(天河三絶)의 경(輕)과 중(重)의 무리를 연달아 펼쳐 공세를 퍼부으며 다시금 진양과의 거리를 좁혔다.

지악천이 가볍게 몸을 비틀면서 반격해오는 진양의 검을 피해내고 거리를 더욱더 좁히기 시작했다.

거리가 있는 상태에서 오롯이 검만으로는 마땅한 답이 나오지 않은 것 같은 느낌이라 아예 3척 이내로 접근해서 근접전을 펼칠 생각이었다.

검에는 검강을 일으킨 상태로 남은 왼손에는 권강을

만들어내며 손만 뻗어도 닿을 법한 거리의 진양을 향해서 휘둘렀다.

권강과 검강을 동시에 운용하는 것은 사실 상당히 무리한 일처럼 보였지만, 무지막지한 중단전을 소유한 지악천에겐 무리한 일이 아니었다.

하단전이 비워지기만 하면 엄청난 속도로 중단에서 빠르게 채워주기를 반복하니 충분히 가능한 수법이었다.

그 모습을 본 진양이 눈살을 찌푸리며 거리를 벌리려고 했지만, 그걸 용납할 지악천이 아니었다.

"어딜 도망가려고!"

아무리 진양이 흡혈패왕공으로 막대한 내공을 가지게 됐다고 한들 지악천의 환영신보(幻影神步)와 무영비(無影飛)의 속도를 이길 수는 없는 노릇이었다.

뒷걸음질로 물러나는 진양을 빠르게 환영신보로 따라잡은 지악천의 권강 날아들었다.

콰앙! 촤아악!

진양은 자신을 향해서 날아드는 권강을 흘려내려고 했지만, 그랬다간 지악천의 검강이 연달아 날아들 것을 깨닫고 그대로 받내며 뒤로 밀려났다.

"이 새끼가 머릴 굴려?!"

지악천은 자신의 수법이 간파당했다는 사실에 살짝 이를 악물며 빠르게 거리를 좁히려 했다.

'젠장!'

그 순간을 마치 기다렸다는 듯이 진양의 검이 지악천의 가슴을 향해서 찔러 들어왔다.

지악천은 자신의 속도에 맞춰서 절묘하게 찔러 들어오는 진양의 검을 봤지만, 이미 붙을 대로 붙은 속도를 줄일 수 방법이 없었기에 오히려 그 속도를 살렸다.

태앵!

지악천은 재빠르게 무릎을 꿇는 동시에 상체를 뒤로 젖혔다.

그리고 무릎으로 바닥을 쓸면서 앞으로 나아가 검을 휘둘러 찔러 들어오던 진양의 검을 아슬아슬하게 걷어 냈다.

진양의 검을 걷어내기 무섭게 바닥을 짚어내며 몸을 일으켰다.

"후!"

몸을 일으킨 지악천은 거의 본능적으로 숨을 뱉으며 바로 움직였다.

좌아아악!

움직이는 지악천의 발목을 노리고 날아드는 검을 가볍게 뛰어오르며 피해내며 발을 놀렸다.

팡! 파파파팡!

공중에 뜬 상태로 발을 빠르게 움직이며 진양을 두들겼지만, 진양 역시 빠르게 손을 움직이며 지악천의 발을 쳐냈다.

계속해서 뚜렷한 우위를 잡지 못한 지악천이 드디어

지금까지 쓰지 않았던 천하오절 중 사절(四絕)과 오절(五絕)을 펼칠 준비를 하기 시작했다.

천하오절의 사절과 오절은 단 한 번도 제대로 펼쳐본 적이 없었기에 표정이 절로 굳었다.

'무조건 성공시킨다.'

천하오절의 일절, 이절, 삼절은 각 무리를 하나씩 펼치는 것이지만, 앞선 셋과 다르게 사절과 오절은 급수가 확연하게 차이 나는 수준이라고 할 수 있었다.

물론 지금은 좀 더 근접전으로 진양을 몰아붙일 때였다.

빙글!

검을 돌려 역수로 쥔 지악천이 가볍게 바닥을 차오르며 양발을 번갈아 가며 뻗어 진양의 머리와 가슴을 노렸다.

파파팍! 쾅! 쿵!

지악천의 발길질이 진양의 손에 가로막히면서 헛수고로 돌아가나 싶었다.

공중에서 몸을 사선으로 회전시킨 지악천이 그대로 장력을 방출했지만, 몸을 틀어낸 진양을 스쳐 지나가며 애꿎은 바닥을 터트릴 뿐이었다.

계속해서 지악천과 진양의 공방을 지켜보는 제갈수와 구지신개의 표정은 말 그대로 썩어있다고 해도 과언이 아닐 정도였다.

진양도 진양이지만, 그들이 놀라고 있는 부분은 지악천의 무위가 가장 컸다.

　제갈수나 구지신개나 지악천이 화경에 올라섰다는 건 알고 있었지만, 무위가 이 정도일 줄 생각도 못 하고 있었기 때문이었다.

　그만큼 지악천이 보여주는 무위는 단순히 화경의 무인이 보여주는 것과는 차원이 다른 무언가가 있었다고 느껴질 정도였다.

　─아니, 이 정도일 줄은 생각도 못 했는데…… 넌 알고 있었냐?

　─나라고 알고 있었겠냐? 딱히 손속을 섞어볼 일도 별로 없었는데.

　구지신개의 물음에 제갈수가 고갤 흔들었다.

　─말 그대로 눈이 호강한다고 할 수도 있지만, 실상은 정말 환장할 수준이군. 저놈이야 마공 때문이라고 할 수 있지만, 지 포두는 그것도 아닌데 말이야.

　구지신개의 말대로 진양은 흡혈패왕공으로 인한 효과가 크다고 생각할 수 있었지만, 지악천의 경우는 이렇다 할 이유를 찾을 수 없었다.

　사실 지악천의 경우는 그들이 상상할 수 있는 범주를 넘어서는 마치 사기나 다를 바가 없다고 해도 이상하지 않을 정도였다.

　멀리서 봐도 엄청난 내공이 실린 공세를 펼치는 지악천이나 그걸 아무렇지도 않은 듯한 표정으로 받아치는

지악천　240

진양을 보는 둘의 눈엔 조금씩 허탈함이 들어서고 있었
다.

　굳이 마음의 위안이 되는 부분이 있다면 지악천이 천
기산인(天氣算人) 화문강(華們强)의 후인이라는 점이
었다.

　그 사실을 상기하며 억지로나마 마음을 편하게 먹는
제갈수와 구지신개였다.

　척!

　근접전을 벌이던 지악천이 뒤로 한 걸음 물러서는 순
간 눈빛이 가라앉았다.

　그런 지악천의 모습을 본 진양은 의구심이 들었다.

　하지만 그런 의구심은 한순간에 날아가 버렸다.

　번쩍! 콰아아아앙! 콰지지직!

　정면에서 번쩍이는 순간 진양은 양팔로 가슴과 얼굴
을 막아섰지만, 묵직한 충격과 함께 뒤로 날아가 땅에
처박혔다.

　"커헉!"

　바닥에 처박힌 진양은 이해할 수 없었다.

　번쩍이는 그것이 지악천이 움직였다는 신호로 생각하
고 그걸 막았다고 생각했는데 밀려오는 충격은 쉬이 감
당하기 어려운 수준이었다.

　하지만 어렵사리 막아냈지만, 몸에 큰 문제가 생길 정
도는 아니었다.

"와, 진짜 미쳤네."

몸을 일으킨 진양의 귀에 지악천의 놀란 듯한 감정이 담긴 목소리가 들려왔다. 진양은 눈살을 찌푸리며 그를 노려봤다.

진양은 지악천의 말이 자신을 향했다고 생각한 모양이었다.

하지만 그것은 지악천의 순수한 감탄에 가까운 혼잣말이었다.

천하오절의 사절은 펼칠 때 서로 충분히 연계가 가능한 무리를 섞어서 펼치는 게 요지인 초식이라고 할 수 있었다.

그래서 지악천이 선택한 것은 경(輕), 탄(彈), 강(强), 중(重), 쾌(快)였다.

이 다섯 가지의 무리를 지악천이 이해한 선에서 펼치려고 마음먹은 순간, 마치 몸이 지악천의 통제를 떠난 듯한 움직임이 펼쳐진 것이다.

지악천이 펼쳤지만, 지악천의 의지로 펼치지 못한 희한한 일이 되어버린 것이었다.

지악천은 이런 현상을 한 번 겪어 본 적이 있었기에 이 상황이 어떤 뜻인지 정확히 이해하고 있었다.

일전에 화경에 올라설 때의 그 느낌이었다.

스스로의 의지와는 상관없이 무언가에 자신의 통제권을 전부 빼앗길 때의 그 느낌이었다.

'그러고 보니 진짜 잊고 있었네.'

지악천은 그날의 일을 화경에 올라섰다는 감정 때문에 싹 잊고 있었지만, 이렇게 떠올리게 될 줄은 꿈에도 몰랐다.

다만 지금 상황을 본다면 지악천의 의지대로 움직이지 않는다는 것은 그때와 마찬가지라는 뜻이기도 하단 걸 알 수 있었다.

'아직은 내 마음대로 펼칠 수 없는 수준이라는 건가……?'

그나마 그때와는 다르게 초식에만 국한됐다는 사실에 지악천은 내심 만족해버렸다.

'천하오절의 마지막 초식까진 모르겠지만, 사절의 위력이 이 정도라 이거지?'

그리고 그렇게 다시금 천하오절을 펼칠 준비를 하자, 진양이 살짝 움츠러들었다.

앞서 지악천이 아닌 그 무언가가 지악천의 몸으로 펼친 그 한 방은 엄청난 압박감을 남긴 모양이었다.

지악천은 직전과 똑같이 경(輕), 탄(彈), 강(强), 중(重), 쾌(快). 다섯 가지 무리를 섞어서 펼치려고 했다.

쾅!

'어?'

이번에도 자신이 아닌 그 무언가가 알아서 움직여 줄 것으로 생각했지만, 이번에는 그렇지 않았다.

천하사절을 펼치려던 지악천의 손에서 검이 빠지면서 검이 이상한 곳으로 날아가 버린 것이었다.

"……."

갑작스러운 일에 진양조차 긴장하고 있어서 그런지 지악천의 검이 날아가 바닥에 처박히는 걸 눈으로 따라갈 뿐이었다.

"하하……."

그런 상황에서 지악천이 멋쩍게 웃으면서 검이 날아간 방향으로 걸음을 옮기려는 순간 정신을 차린 진양이 달려들었다.

쐐애액! 후웅! 태애앵!

진양은 지악천이 검을 놓친 지금이 절호의 기회라고 생각했는지 이전까지와는 다르게 사력을 다해서 달려들었다.

진양의 생각이 뭔지 뻔히 보였기에 지악천도 곧장 강기를 일으키며 대응하기 시작했다.

하지만 지악천의 얼굴색은 여전히 붉게 달아오른 상태였다.

쾅!

진양의 손에서 펼쳐진 분광검을 강기로 받아낸 지악천이 뒤로 주르륵 밀려났다.

뒤로 밀려나면서도 지악천의 시선은 바닥에 박힌 자신의 검을 향해 있었다.

'빌어먹을!'

직전에도 무형류만으로는 우위를 점하지 못했기에 바닥에 박힌 검이 더욱 아쉬운 지악천이었다.

하지만 진양을 밀어내지 못하는 이상 검을 주울 방법
이 없기에 이 악물고 달려들었다.

한편 제갈수와 구지신개는 누가 먼저랄 것도 없이 지
악천이 검을 놓치는 순간 동시에 이마에 손을 올렸다.

"저런!"

"아이고!"

지악천의 실수는 제갈수와 구지신개의 탄식을 절로
끌어낼 정도였다.

"도와줘야 하지 않을까?"

"누가? 네가? 아니면 내가? 저걸 보고서도 그런 말이
나와? 야…… 그리고 나 부상자다. 하려면 네가 해라."

제갈수가 조심스럽게 운을 떼자, 구지신개는 인상을
찌푸리며 말했다.

"그리고 정말 그럴 마음이 있으면 네가 해야지. 난 저
놈이랑 싸웠었다고 물론…… 지금 생각하면 장난감 취
급이었겠지만."

구지신개의 마지막 말은 상당히 자조적인 목소리였
다.

"……."

구지신개의 말에 제갈수도 딱히 할 말이 없었다.

그리고선 다시 지악천과 진양이 싸우고 있는 방향으
로 고개를 돌렸다.

콰아아아앙! 쇄애애액! 쿠우웅!

제갈수가 둘에게로 고개를 돌린 순간에 반 토막 난 나무의 그루터기가 엄청난 속도로 그의 옆을 스치며 날아갔다.

딴 짓하고 있었다곤 하지만, 초절정의 무위를 갖춘 제갈수가 반응조차 못 할 정도로 어마어마한 속도였다.

"허, 헙!! 뒤, 뒤로 더 가야겠다."

완전히 굳은 채로 말하는 제갈수의 모습에 구지신개도 얼떨떨한 표정으로 고갤 끄덕였다.

지악천과 진양의 싸움은 시간이 지날수록 진창이 돼 가고 있었다.

지악천이 쓰는 무형류의 특성상 진창으로 변하는 건 예견된 일이나 마찬가지였다.

무기를 쓰지 않는 형태로 모든 것을 할 수 있지만, 지악천이 가지고 있는 창의력의 부재라고 할 수 있을 정도로 점점 진창에서 개싸움으로 변해가려는 중이었다.

이전과는 다르게 권장지각(拳掌指脚)을 가리지 않고 펼치면서 몰아붙이는 지악천의 공세에도 진양은 방어가 아닌 오히려 맞대응으로 응수했다.

진양은 종남파의 무공들을 대성하지 못했을 뿐이지 실전에서 충분히 사용 가능한 수준까지 수련했었기에 맞대응하는 데 큰 어려움이 없었다.

하지만 문제는 진양의 무위였다.

진양의 무위는 고작해야 초절정에서 정말 한 걸음 남

은 수준이었다.

흡혈패왕공으로 부족한 부분을 메우고 있었기에 지금까지 지악천과 거의 대등한 수준의 무위를 유지할 수 있었다.

하지만 이 막대한 혈기도 시간이 지날수록 유지력이 약해질 수밖에 없었다.

지악천처럼 무지막지한 중단전이 받쳐주고 있는 것이 아니기에 당연한 현상이기도 했다.

그렇게 지악천과 진양이 싸우기 시작한 지 어느덧 한 시진이 지났다.

팡! 파파팍! 쾅!

항상 손발을 어지럽게 움직인다는 인상이 강했던 지악천이 조금씩이지만, 눈에 보일 정도로 달라지기 시작했다.

그 모든 것은 오롯이 진양에게 맞춰지고 있기에 벌어진 현상이었다.

만약 지금 마주하고 있는 사람이 진양이 아닌 다른 사람으로 바뀐다면 또다시 진창이 될 가능성이 농후했다.

그만큼 지금 지악천이 진양을 상대하면서 얼마나 많은 정신력과 집중력을 소모하는지 상상도 못 할 수준이었다.

팍! 파파팍!

그렇게 한 걸음, 두 걸음씩 앞으로 나아가면서 진양을

밀어내기 시작했다.

진양으로서도 아주 당혹스럽기 그지없었다.

"크흡!"

검을 놓쳤기에 자신에게 기회가 왔다고 생각했는데 막상 그것도 영 쉽지 않다는 걸 인지할 수밖에 없는 상황에 몰렸다.

어려움을 겪고 있는 진양의 상황과는 반대로 지악천은 말 그대로 물이 오를 대로 오른 상태였다.

손에 걸리면 맞는다는 말 그대로 이뤄지고 있는 상태였다.

일전에 겪었던 자신을 제외한 주변이 느리게 돌아가는 그 느낌과 아주 유사한 감각을 만끽하는 중이었다.

진양의 시선, 팔다리의 움직임까지 하나하나 지악천의 눈에 다 들어오기에 가능한 일이었다.

'진짜 이렇게 쉽나?'

쾅!

생각하는 와중에 진양의 측면에 빈틈이 보여 가볍게 주먹을 찔러 넣자, 그대로 들어갔다.

"킥!"

고통에 찬 음성이 튀어나왔다.

그나마 혈기로 감싸고 있기에 보이는 만큼의 큰 타격은 아니었지만, 정신적으로 몰리는 것은 어쩔 수 없었다.

움찔!

지악천의 동작 하나하나에 온갖 신경이 쏠려 있다 보니 진양의 반응은 약간은 과장된 느낌이었다.

그렇기에 지악천이 그에 맞춰서 대응하기가 한결 편해지고 있었다.

진양은 지악천이 가볍게 눈속임으로 하는 동작에도 전부 다 반응하고 있었다.

불과 한 시진 전까진 전혀 통하지 않던 것들이 통하고 있었다.

쾅! 퍽!

그렇게 진양의 양팔 위로 지악천이 거칠게 강기로 덮인 주먹을 내리꽂으면서 곧바로 발을 뻗어 복부를 밀어 찼다.

"커흡!"

후웅!

충격이 상당할 텐데도 외마디 비명을 뱉어내며 버티는 와중에 검까지 휘두르는 모습에 지악천은 내심 혀를 내두를 정도였다.

'진짜 지독한 새끼네. 아니, 아니지. 그래. 이래야지.'

이 정도도 버티지 못했다면 오히려 지악천이 실망할 일이었다.

지악천에게는 진양의 잔혹한 모습이 아직도 뇌리에 선명하기에 저런 모습은 별것도 아니고 오히려 다행이었다.

자신이 이렇게 진양을 두들겨서 지금은 죽지 않았지

만, 그때 죽었던 이들을 위로하고 있는 셈이었다.

후우웅! 훙! 콰아앙!

묵직한 강기가 한 차례 허공을 가르고 지나갔지만, 뒤이어 날아오는 공세는 피하지 못했다.

지악천은 자신의 거의 일방적인 공세에 좀처럼 맥을 못 추는 진양을 상대로 여지없이 빈틈을 노렸다.

빈틈이 없으면 아까처럼 빈틈을 억지로 만들어냈다.

콰! 쿵!

"커헉!"

진양이 검을 쓰기 좋은 거리까지 거리를 벌리려는 순간 따라붙어서 빈틈을 억지로 만들어 낸 지악천의 주먹이 진양의 명치 바로 아랫부분에 꽂혔다.

연달아 한 대 더 먹이려 했지만, 어느샌가 역수로 들린 진양의 검이 사이를 가르려 했기에 지악천은 곧바로 주먹을 펼쳐서 장력을 방출하며 어쩔 수 없이 거리를 벌려야 했다.

씨익.

그런 진양의 모습을 보며 가볍게 비릿한 미소를 입가에 그리는 지악천이었다.

'당해주면 좋고 아니면 더 좋고.'

장력으로 인해서 둘의 거리가 벌어지는 순간 지악천이 위치한 곳의 뒤쪽은 아까 지악천이 실수로 놓쳐 바닥에 박혔던 검이 있던 자리였다.

쿵. 퉁.

가볍게 진각을 밟자, 바닥에 박혀있던 검이 솟구치며 지악천의 손에 안착했다.

'처음에만 해주는 거라 이거지?'

지금까지 무형류를 잘 쓰긴 했지만, 그래도 천하오절의 사절을 펼쳤던 그 느낌만 한 것은 없었다.

"이번에는 제대로 해보자고."

지악천이 검을 잡기 무섭게 진양은 누가 봐도 심각하게 고민하는 티가 났다.

그만큼 진양의 뇌리에 선명하게 남았다는 방증이었다.

그렇기에 쉽사리 덤벼들지도 못했다.

하지만 그럴수록 유리해지는 쪽은 당연히 지악천이었다.

특히 이번에는 이전 같은 실수를 할 이유도 없었다.

지악천은 사절을 펼치려는 순간에 이전과는 차원이 다른 집중력을 보여주기 시작했다.

우우우우웅!

거기다 막대한 내공이 다시금 밀려들기 시작하면서 검강이 만들어지기 전에 검명이 크게 울리기 시작했다.

마치 이제부터 시작이라는 듯한 느낌이었다.

후우우웅!

검의 울림이 끝나기 무섭게 찬란한 빛을 띤 검강이 원래의 검의 길이보다 3척이나 더 길게 솟아올랐다.

이전 일 때문에 더 멀리 떨어진 곳에서 이 광경을 지켜보고 있는 제갈수와 구지신개조차도 지악천이 뽑아낸 검강의 위력이 느껴질 정도였다.

후웅! 후우웅.

그렇게 무지막지한 힘이 담긴 검강을 이리저리 돌리며 가볍게 준비를 끝낸 지악천이 진양을 바라보는 눈에 힘을 주며 말했다.

"자신 있으면 도망쳐 보라고."

그 말이 끝나기 무섭게 지악천의 신형이 진양의 시야에서 사라졌다.

정확하게는 진양이 인지할 수 있는 속도를 일순간 넘어선 것이었다.

번쩍!

그리고 다시금 진양의 눈에 섬광이 터져 나왔다.

이미 이전에 같은 경험이 있기에 그 섬광이 진양의 눈에 다소 느리게 보일지라도 이번에 그에 담긴 힘은 차원이 다른 것이었다.

꽈아아앙! 콰직! 콰지직! 콰아아아아앙!

번쩍하는 섬광이 진양의 가슴팍에서 터지는 순간 그의 신형이 빠르게 뒤로 날아가기 시작했다.

아직 멀쩡하던 곳의 나무들을 박살내며 한참이나 날아가다가 바닥에 꽂혔다.

찌릿!

"후우!"

그런 진양의 모습을 바라보던 지악천은 가볍게 숨을 뱉어내며 검을 쥔 손목을 가볍게 털어냈다.

'미쳤네. 탄(彈)의 묘리가 없었다면 내 손목도 위험할 뻔했어.'

지악천이 한 행위는 베어낸다는 것이 아닌 사실상 두들긴다는 것에 가까운 행위였다.

그랬기에 지악천의 검강이 진양을 베어낸 것이 아니고 타격을 했고 그 반탄력으로 날아간 것이었다.

만약 베어냈다면 진양의 신형이 뒤로 날아갈 이유는 없었다.

물론 지악천의 손목이 시큰거릴 이유도 없었다.

후두둑, 두둑.

두꺼운 나무들을 박살내며 바닥에 처박혔던 진양은 자신이 살아 있다는 존재감을 뽐내듯이 자신의 위를 덮은 잔해들을 치우며 움직이기 시작했다.

"크아아아아악!"

그가 자신의 상황을 인지하기 무섭게 고통과 분노가 뒤섞인 괴성이 울렸다.

그리고 그 순간 이전까지와는 전혀 다른 수준의 농도 짙은 혈기가 진양에게서 흘러나오기 시작했다.

"크허어헝!"

사람의 입에서 짐승의 울음소리가 울리는 괴이한 모습을 본 지악천의 눈이 처음 진양을 마주했을 때와 같게 변했다.

지금까지의 진양은 지악천이 기억하던 혈인의 모습과 완전히 같다고 할 수 없었지만, 지금에서야 날뛰기 시작한 혈기를 시작으로 자신의 피로 얼룩진 모습이 완전히 기억 속의 혈인과 같았다.

그랬기에 지악천의 눈은 한없이 차가워졌다.

'그래. 그래야지.'

엄청난 위압감을 뿜어내는 검강을 유지한 채로 지악천이 가볍게 바닥을 차며 앞으로 달려나갔다.

몸을 일으킨 진양의 눈이 이전보다 더 붉게 변했다.

아무래도 눈의 실핏줄이 터진 것보다 흡혈패왕공의 혈기가 그렇게 만든 것으로 보였다.

그렇게 진양의 시야는 그의 붉은 눈처럼 온통 붉은색으로 덧칠해진 것처럼 보였다.

보통 눈에 피가 흘러 들어간다면 시야가 가려지겠지만, 말 그대로 보이는 시야에 색이 덧씌워진 느낌이었다.

그 순간 진양은 붉은 시야 속에서도 찬란한 빛을 뿜어내는 검강이 빠르게 다가오는 것을 보면서 자신의 손에 들린 검을 움직였다.

콰콰콰콰! 쾅!

단순히 혈기가 넘실거리는 검을 휘둘렀을 뿐이었지만, 날아가는 혈기에 의해서 땅거죽이 뒤집히면서 지악천을 향해서 날아들었다.

진양이 날린 혈기를 지악천이 검강으로 베어내자 폭

발이 일어나면서 그 안을 들여다볼 수 없을 정도로 짙은 흙먼지가 피어올랐다.

하지만 흙먼지를 바라보던 진양은 재차 검을 움직이면서 혈기를 그 흙먼지의 중심부를 향해서 날렸다.

쾅! 콰아앙! 꽈아앙!

흙먼지 속으로 날아든 혈기들이 뭔가에 부딪혀서 터지면서 더 많은 양의 흙먼지들이 흩날리기 시작했다.

그것이 지악천과 부딪혔는지 바닥이나 다른 무언가에 부딪혔는지는 알 수 없는 노릇이었지만, 진양의 표정만 놓고 본다면 전자는 아닌 것으로 보였다.

그나마 짙었던 흙먼지가 재차 이어진 진양의 공격 덕분에 조금 옅어지면서 안의 윤곽이 약간이지만, 보이기 시작했다.

그 안에는 사람의 인영으로 보이는 뭔가가 멀쩡하게 서 있는 모습이 흐릿하게 보였다.

흠칫!

퍼어어어엉!

그 모습을 본 진양이 재차 혈기를 날리려는 그때 자신의 좌측 편에서 서늘한 느낌을 받았다.

그리고 그게 뭔지 확인하려는 순간에 진양은 자신의 의지와는 상관없이 폭발의 울림이 울리기도 전에 신형이 무기력하게 밀려나면서 바닥을 뒹굴었다.

휘이이잉!

진양이 바닥을 뒹굴 때 흙먼지가 자욱하게 피어올랐

던 중심에서 바람이 일었다.

바람은 흙먼지를 밀어내면서 그 중심에 있던 지악천의 모습이 보이기 시작했다.

"카아악! !"

흙먼지를 좀 들이마셨는지 연신 침을 뱉으며 인상을 찌푸리던 지악천은 바닥을 뒹굴던 진양이 몸을 바로 세우려는 모습에 곧바로 장력을 날렸다.

투우웅! 콰앙!

진양은 지악천이 날린 장력을 혈기를 이용해서 쳐냈다.

입가에 흐르는 피는 닦지도 않았는데 다시금 입안으로 빨려 들어갔다.

그런 진양의 모습을 보지 못한 지악천은 다시 손목을 가볍게 움직이면서 재차 천하오절의 사절을 펼칠 준비를 마쳤다.

이번에 선택한 다섯 가지 묘리는 강(强), 허(虛), 쾌(快), 유(流), 환(幻)이었다.

직전에는 경(輕), 탄(彈), 강(强), 중(重), 쾌(快)를 연달아 두 번 펼쳤지만, 이번에는 변화에 중점을 두었다.

거기다 앞서 직접 천하오절의 사절을 펼치면서 본능적으로 이 검술이 어떤 식으로 작동하는지 깨달았기에 이번에는 환영신보까지 곁들였다.

극성에 다다르기 직전인 환영신보를 지악천이 제대로 펼치자, 이름 그대로의 모습을 진양에게 선보이기 시작했다.

완벽하게 펼쳐진 이형환위(移形換位)까지는 아니었지만, 거의 그에 준하는 수준의 잔상이 살짝 지친 감이 없지 않은 진양의 눈을 어지럽게 하기에는 충분했다.

진양의 눈이 움직이는 속도보다 지악천이 잔상을 남기며 움직이는 속도가 더 빨랐다.

그리고 둘의 거리가 2장 거리까지 좁혀졌을 때 지악천의 검이 움직였다.

샤샤샥! 슈슈슉! 쐐애애액!

지악천의 검은 빠른 속도로 움직였다.

허초와 환초가 뒤섞인 검의 잔상들이 진양의 시야를 가득 채우며 펼쳐졌다.

만약 진양의 상태가 정상이었다면 빠르게 대응했겠지만, 지금은 지친 상태라 뭐가 진짜인지 구별하는 것만 해도 상당한 심력을 소비할 수밖에 없었다.

특히 찬란하게 빛나는 검강의 존재감이 그런 판별에도 방해요소였다.

파파팟!

그렇게 진양의 시야를 가득 채운 검의 잔상들이 진양의 엉망이 된 무복을 스쳐 지나갔는데 전부 진짜였다.

지악천의 검강이 스쳐 지나간 자리에는 선명한 검흔이 남을 정도였다.

이렇게 되니 진양의 머릿속에는 이제 허초와 환초가 아닌 전부 다 진짜인 실초일 수도 있다는 가정까지 해야 했기에 머릿속이 더더욱 어지럽게 변해갈 수밖에 없었다.

피이잉!

연신 검을 움직이며 언제 어떻게 날아올지 모를 지악천의 검을 막으려고 노력하던 진양의 귓바퀴에 따끔한 느낌과 동시에 섬뜩한 느낌이 들었다.

왼손으로 귀를 만지자, 그제야 통증이 느껴졌다.

경계해야 할 부분이 자꾸 늘어나는 상황은 진양에겐 점점 최악의 상황으로 가고 있다는 걸 인지하게 만들고 있었다.

멀리 떨어진 곳에서 지악천과 진양의 싸움을 지켜보고 있는 제갈수와 구지신개를 멀리 떨어진 곳에서 기다리고 있었던 차진호와 강성중 그리고 백촉이 결국 찾아왔다.

"거기서 기다리고 있으라니까."

"계속해서 기다리는 것도 한계가 있고 거기서조차도 폭음이 울리니 가만있기가 그래서 왔습니다."

강성중이 대답하자, 제갈수도 딱히 할 말이 없다는 듯이 다시 고갤 돌려 둘의 싸움을 바라봤다.

"어떻게 돼가고 있습니까?"

"모르겠다. 분명 보이는 것만으로 판단하면 지 포두가 우위를 잡고 있긴 한데 좀처럼 결판이 나질 않는다. 계속해서 이러한 상황이 이어지는 게 진짜 아슬아슬한

줄타기를 하고 있는지 모르겠다."

제갈수의 말에 동의한다는 듯이 구지신개도 고갤 끄덕였다.

"그 정도입니까?"

"그 정도가 아니고 저렇게 계속해서 밀어붙이고 있으니까. 뭐, 시간이 지나면 자연스럽게 결판은 나겠지. 하지만 결과를 쉽게 예측하기가 힘들어. 너도 보고 들은 게 있으니 흡혈패왕공이라는 마공은 알고 있겠지? 지금 그 마공을 익혔다고 보이는 게 진양이다. 아마도…… 종남의 일도 저놈이 저질렀겠지."

마지막 말에 제갈수의 목소리에는 짙은 살기가 묻어나고 있었다.

이곳까지 오는 와중에 종남의 미래를 위해서 어떻게든 진양을 살려야 한다고 고민했던 자신의 바보 같은 생각을 원망이라도 하듯이 말이다.

"…… ."

"쓸데없는 헛소리하지 말고 잘 지켜봐. 최상승고수의 전력에 가까운 무위는 아무 때나 볼 수 있는 것이 아니니까."

고개를 전혀 돌리지 않는 구지신개의 말에 다들 둘의 싸움에 집중하기 시작했다.

피이잉! 피잉!

계속해서 들려오는 날카로운 소리가 진양의 청각을

자극했다.

이번에는 직접적인 접촉은 없었지만, 계속해서 청각을 자극하니 집중력이 흐트러지려는 걸 억지로 붙들고 있었다.

하지만 지악천은 계속해서 검강을 뿌리면서 압박할 뿐이었다.

지악천이 검강을 휘두르며 연신 환영신보를 펼치며 움직였지만, 진양은 그런 지악천에게 쉽사리 따라붙을 수가 없었다.

그렇게 시간이 지날수록 진양의 몸에 생겨나는 검흔의 수는 늘어날 뿐이었다.

'생각보다 괜찮은데?'

지악천은 자신이 생각한 묘리들의 조합이 나쁘지 않다고 생각했다.

하지만 나쁘지 않을 뿐이지 더 나은 조합이 존재할 것이란 생각하지 않을 수 없었다.

기본적으로 상충하는 묘리들이 있는가 하면 반대로 상생하는 묘리들도 존재하기에 이것을 어떻게 조합하는지에 따라서 결과물도 다르다는 것을 이해한 지악천이었다.

스팟!

지악천의 검이 다시금 진양의 팔을 살짝 깊이 스쳐 지나갔다.

"크아아아악!"

"네가 짐승이냐? 어디서 사람이 짐승 소리를 내고 있어!"

또다시 짐승의 울음소리를 내지르는 진양의 모습에 검을 휘두르는 지악천 눈살이 찌푸렸다.

그러면서도 검을 쉼 없이 움직이며 진양의 움직임을 가로막았다.

그리고 그 순간에 지풍을 빠르게 날렸다.

이 지풍이 지금까지 진양의 청각을 괴롭히던 원인이었다.

지악천은 이 지풍 하나로 진양의 움직임을 붙잡고 있었던 것이었다.

"제대로 덤벼라. 도망갈 궁리만 하지 말고!"

진양은 도망칠 생각 따윈 없었지만, 지악천의 괜한 도발이었다.

진양이 계속해서 방어만 하고 반격을 좀처럼 못하니 빈틈을 끌어내려는 속셈이었다.

이게 다 무왕에게 배운 입심이었다.

지악천의 말에 자극받은 진양이 뭐라도 할까 싶었지만, 아무런 반응 없이 막는데 급급한 모습을 보일 뿐이었다.

'뭔가 한 수를 숨겨놓고 있을까?'

이렇게까지 반격조차 없이 막기만 하는 모습을 보다 보면 한 번쯤 들 만한 생각이었다.

그렇게 계속해서 진양을 몰아붙이던 지악천의 검이

멈추면서 진양의 시야를 가득 채우던 허초와 환초로 이뤄지던 검강의 잔상들도 덩달아 사라졌다.

지악천은 그리고선 곧장 천하오절의 마지막을 펼칠 준비를 끝냈다.

천하오절의 마지막 오절에는 여섯까지 묘리를 섞을 수 있기에 결정은 빨랐다.

유(流), 쾌(快), 탄(彈), 경(輕), 강(强), 중(重).

이 여섯 가지의 무리를 골랐다.

몰아붙일 대로 몰아붙인 진양을 제대로 끝을 내겠다는 심산이었다.

"나는 알지만, 너는 알지 못하는 이 기분 더러운 만남을 이제 끝내자."

영문을 알 수 없는 지악천의 말에도 별다른 표정 변화를 보이지 않던 진양의 표정이 점점 일그러지기 시작했다.

이제까지와는 차원이 다른 수준의 내공이 지악천의 외부로 방출되기 시작한 것이었다.

천하오절의 마지막 오절을 펼치려는 순간 지악천의 하단전과 중단전에 있는 어마어마한 내공이 빠르게 움직이기 시작하면서 생긴 현상이었다.

지악천의 발이 앞으로 내딛는 순간 그의 신형이 사라졌다.

지악천이 베려고 했던 진양은 온데간데없었고 시야를

가득 채운 새하얀 세상뿐이었다.

"복수를 목전에 둔 상황에 만족했는가?"

지악천이 자신의 뒤쪽에서 들려오는 목소리에 놀라 몸을 돌리는 순간 인자한 표정의 중년인이 서 있었다.

서 있던 그는 생김새만 본다면 미중년에 가까웠지만, 그의 턱에 있는 새하얀 배경에 어울린다고 할 수 있는 새하얀 수염이 그가 중년의 나이가 아니라는 걸 알려주고 있었다.

"……누구십니까? 절 아십니까?"

"허허. 자네가 누군지 아냐고? 그리고 날 모르겠나?"

지악천의 말에 중년인이 장난기 어린 표정과 자신을 가리키는 손짓을 하며 되물었다.

하지만 지악천은 모르겠다는 듯이 고갤 흔들 뿐이었다.

"그렇군. 그래. 기억하지 못할 수도 있지. 모든 일이 내가 생각했던 대로 될 순 없는 노릇이니. 내 소개를 하기 전에 나에게 물었지? 자넬 알고 있냐고 말이야. 아주 잘 알고 있다고 할 수 있겠지. 물론 자네가 돌아온 그 날부터이긴 하지만 말이야. 어떻게 자네가 그날 이후부터 뭘 하고 다녔는지 전부 읊어주면 믿겠나?"

장난기 넘치는 중년인의 말에 지악천의 눈이 가늘어졌다.

'내가 돌아왔다는 걸 아는 사람. 그리고 이 이상한 공간. 설마?'

중년인의 말을 곱씹던 지악천은 결국 한 사람이 떠올랐다.

　그걸 지악천이 말을 하려는 순간 중년인이 먼저 말했다.

　"아아. 거기까지. 어차피 자네가 예상할 수 있는 건 몇 없으니까 대충 내가 누군지 떠올렸겠지. 하지만, 이렇게 되니 또 궁금해지긴 하는군. 자네에겐 내가 살아 있는 사람일까? 아니면 죽은 사람일까?"

　"……."

　역시나 누가 봐도 장난기가 물씬 풍기는 말투와는 다르게 대답하기 쉽지 않은 물음에 지악천은 침묵했다.

　흔들흔들.

　그런 지악천을 보며 중년인이 가볍게 눈웃음 지으며 손가락을 흔들었다.

　"당연히 죽은 사람이지. 다만, 이렇게 자네와 대화할 수 있는 것은 자네가 마지막 단계를 통과한 덕이기도 하고."

　"마지막 단계라 하심은?"

　지악천은 그가 누구인지 깨달았기에 최대한 저자세를 취했다.

　"뭐겠는가? 화경 다음에 뭐가 있겠는가. 현경(玄境)이지. 원래는 이런 상황에서 만날 생각은 없었는데 말이야. 아무리 도움을 받았다고 해도 이렇게까지 빠를 줄은 생각지도 못했으니까 말이야."

"제가 말입니까?"

"그럼, 누구겠는가? 나를 제외하고 여기엔 자네뿐인데?"

"현경에 오르는 것이 천…… 아니, 어르신과 만날 수 있는 조건이라는 겁니까?"

"조건이라…… 뭐, 그것도 틀린 말도 아니겠지만, 결국은 내 의사가 가장 중요하다고 할 수 있겠지."

지악천의 물음에 살짝 고민했던 답은 생각보다 중요하진 않았던 모양이었다.

"그렇다면 뭣 때문에……."

"뭐긴 자네 때문이지. 아까도 말했잖나. 마지막 단계를 통과했다고. 그게 계기가 됐을 뿐이라네."

"……그런데 이곳은 어딥니까?"

"참 빨리도 묻는군. 심상(心像)이지. 대충 풀어 말하자면 자네의 머릿속에 있는 어느 한 공간이지. 더 쉽게 말하자면 상상하는 세계 중 하나라고 보면 되네."

"……복잡하군요."

중년인은 가볍게 말하지만, 듣고 이해하는 쪽인 지악천에겐 다소 어려운 개념이었다.

"복잡할 것도 없네. 그냥 자네가 명상할 때 하는 여러 가지 생각들이 이뤄지는 공간이라고 보면 되는 거지. 보통은 사람이 움직일 때 머릿속에서 이뤄지는 생각 속에서 행동이 풀어지는데, 어느 수준의 경지에 오르는 순간부터는 그 경계가 허물어졌다가 다시 견고해지는

데 지금 자네가 딱 그 견고해지는 단계니까."

분명 중년인은 나름대로 쉽게 풀어서 얘기한다고 하지만, 듣는 지악천에겐 여전히 불가해(不可解)의 영역 같은 느낌이었다.

"아무튼 이 얘기는 그만하지. 어차피 시간이 지나면 다 이해할 수 있을 테니까. 일단 중요한 이야기부터 시작하자고."

"예."

"그럼. 처음 시작인 그날부터 얘기해볼까?"

'처음 시작이 그렇게 중요한가?'

지악천은 일단 그의 말대로 얘기를 나누기 시작했다.

"처음 자네의 시작은 혈인. 자네의 앞에 있는 진양이라는 종남파 도사 나부랭이겠지?"

중년인은 처음 지악천이 혈인을 만날 날부터 시작해서 지금 이 자리까지의 이야기의 큰 줄기만 얘기를 하면서 요약했다.

"예. 맞습니다."

"그럼 묻지. 자넨 후회하는가?"

"……전체적이 질문인겁니까? 아니면 개인적인 겁니까?"

"일단은 개인적인 부분이라고 할 수 있네."

"그렇다면 후회하지 않습니다. 적어도 물어보시는 부분이 제가 해왔던 행동이라면 더더욱 후회하지 않습니다. 이전의 삶을 후회하면 했지. 지금의 삶은 만족합니다.”

굳은 의지가 담긴 목소리에 중년인이 고개를 끄덕였
다.

“그렇군. 좋은 답일세. 이미 흘러가고 사라진 것을 후
회해봤자, 남는 것은 자기기만이지. 그렇다면 다시 묻
지. 전체적으로 본다면 후회하는가?”

이어지는 질문에 지악천은 잠시 침묵했지만, 이내 답
했다.

“……후회하지 않습니다.”

“왜 그런가?”

“전 제가 할 수 있는 일은 다 했습니다. 그 부분에 대
한 실수가 있겠지만. 전 제 나름대로 최선을 다했다고
생각하기 때문입니다. 적어도 당시의 제가 할 수 있는
선에선 최선을 다했다고 생각합니다.”

“음…… 괜찮은 답이군. 지금의 자네와 그때의 자네
는 다르다. 아니, 딱 맞는 말이로군.”

그 뒤로 중년인이 몇 가지 질문을 더 한 다음에 만족한
다는 듯이 고갤 끄덕였다.

“그렇군. 어찌 아는지 내 마음에 쏙 들어오는 말만 골
라서 하는 듯한 느낌이야. 뭐, 아무튼 내가 물어볼 말은
다 물어봤으니 가볍게 차나 한잔할까?”

그 순간 지악천은 이 새하얀 공간에서 무슨 차냐고 말
하려고 했지만, 이미 지악천의 뒤에는 탁자와 의자 그
리고 차와 찻잔까지 덩그러니 있었다.

"이게……?"

"하하. 심상의 세계에서는 자네가 인지하고 있는 모든 걸 나타나게 할 수 있다네. 지금이야 자네가 방법을 모르니 이해하기 힘들겠지만, 후에 자네도 할 수 있을 것이네. 이보다 더한 것도 할 수 있을 거라네."

모락모락 김이 피어오르는 찻물이 담긴 차를 음미하는 그의 모습에 지악천은 여전히 혼란스러웠다.

하지만 그런 그의 모습을 중년인은 오히려 즐기는 듯한 기색이었다.

"너무 그렇게 심각하게 생각할 필요가 없네. 편하게 생각하면 되는 거지."

"그렇다면 한 가지 물어도 되겠습니까?"

"얼마든지."

"왜 저에게 이런 기회를 주신 겁니까?"

지악천의 물음에 중년인은 눈을 감고 턱을 괴며 말했다.

"흠…… 왜일까. 나랑 비슷해서 그랬을까?"

"비슷합니까? 제가?"

지악천의 말에 중년인은 두 눈을 감은 채로 마치 그날을 회상하는 듯했다.

"그렇지. 당시의 처지만 놓고 보자면 비슷하지. 단지 나는 전쟁이었지. 그리고 자네와는 다르게 훨씬 어린 나이였지. 물론 여건만 놓고 보면 자네보단 낫다고 단언할 수 있을 정돈 됐지."

"그렇습니까……."

"그리고 말이지. 솔직하게 말하자면 기회를 얻어낸 건 자네지."

"예?"

"그렇지 않은가. 굴러온 호박을 주운 것도 자네고 그걸 품에 넣고 있다가 깨져서 이어받은 셈이니 내가 선택했다기보다는 자네가 그렇게 만들었다는 게 더 맞는 말이지 않겠는가?"

중년인의 말에 지악천은 고개를 갸웃거리면서도 확실히 그의 말대로였다.

"음…… 그러면 제 눈에만 보이는 이 글귀의 정체는 뭡니까?"

"그거 말인가? 음…… 자네도 익히 봐왔으니 알겠지만, 그 글귀는 명백하게 자네에 대해서 알려주고 있지. 안 그런가? 그래서 나는 그것에 굳이 이름을 붙이지 않았네. 오히려 나중 가서는 신경을 껐지. 뭐랄까…… 초보자를 위한 무공 사범 같은 느낌이지. 하나씩 하나씩 필요한 걸 딱딱 꺼내주니까. 그래서 결론이 뭐냐고 묻는다면 그러니까 나도 잘 모르네."

"예?"

중년인의 말이 생각보다 충격적이어서 그런지 놀란 표정이 역력했다.

"모르는 걸 모른다고 하지 나라고 다 알겠는가? 물론 내 지식의 전반적인 부분을 도움받긴 했지만, 나도 자네처럼 고민하던 시절엔 머리 싸고 그랬는데 그냥 포기하면 편하다네. 일종의 특권 아니겠는가. 그러니까 그냥 아. 이런 게 있구나 하는 마음으로 넘어가세나."

지악천은 자신이 제대로 들은 게 맞나 싶은 표정이었다.

"뭘 어쩌겠는가? 모든 사람이 이런 현상을 겪은 것도 아니고 자네와 나 단둘뿐인 것을."

어깨를 으쓱하며 어쩔 도리가 없다는 듯한 중년인의 표정을 본 지악천의 얼굴에 다소 실망감이 실리려는 순간 중년인이 말했다.

"차라리 다른 걸 묻는 게 어떻겠는가? 현경의 경지에 오르게 된다면 뭘 할 수 있고 뭘 할 수 없는지 이런 생산적인 게 낫지 않겠는가."

"……."

단단히 실망한 지악천의 모습에 중년인은 쓴 미소를 지으며 들으라는 듯이 혼잣말을 시작했다.

"현경에 오르는 순간부터 많은 것을 할 수 있지. 대표적으로 허공섭물(虛空攝物)과 허공답보(虛空踏步)가 있지. 하지만 가장 좋은 것은 바로 여기라네."

중년인은 자신의 머리를 손가락으로 톡톡 두드렸다.

"본격적으로 상단전이 열리면서 공령의 효능이 본격적으로 발생하지. 물론 자네의 상태를 본다면 공령의 효능이 그다지 쓸모가 없을 수도 있겠지만, 없는 것보단 낫지 않겠는가? 그리고 이해력도 상당히 좋아진다네. 무림의 역사에 이름을 남긴 이들은 다 현경이었지. 그만큼 이해력이 좋으니 좋은 무공을 창안하기에 안성맞춤이지."

"그렇습니까……."

아까까지만 해도 별다른 반응하지 않던 지악천이 대답하자, 그는 더 신난 듯이 말을 이어갔다.

"그리고 환골탈태 또는 노화순청(爐火純靑)인데 흠…… 자네에게는 더 완벽한 신체 구성을 위한 환골탈태가 이뤄지겠군. 나 같은 경우는 처음 환골탈태가 워낙에 잘 이뤄져서 노화순청으로 끝났지. 더 세세한 것들이 있지만, 그렇게 영향력이 크진 않으니 굳이 설명할 필요는 없겠지."

지악천은 자신의 기분을 생각해서 열심히 말해주는 그를 보며 결국 고개를 들어 올릴 수밖에 없었다.

"그렇지. 별거 아닌 것 같지만, 자네가 이 공간에서 벗어나 인지하기 시작하면 세상을 읽는 눈부터 달라질 테니까 부단한 노력이 필요할 걸세."

"예…… 알겠습니다."

"또…… 아니, 슬슬 돌아갈 시간이 됐나 보군. 이곳으로 오기 전에 무슨 일이 있는지 기억하고 있겠지? 자신이 뭘 하고 있었는지 잊지 말게나."

"예? 그게 무슨?"

중년인의 말이 끝나기 무섭게 그의 모습과 새하얀 배경의 세계가 흐릿해지면서 지악천의 시야가 변했다.

그리고 이내 무성한 숲과 함께 진양의 모습이 보이기 시작했다.

'아! 저놈과 싸우고 있었지!?'

중년인을 마주했던 충격 때문에 진양의 존재를 잠시 잊고 있었지만, 금세 인지한 지악천이 자신의 움직임에 빠르게 동조했다.

퉁.

자신의 움직임을 단박에 통제한 지악천이 진양을 향해서 날아들던 움직임을 바꿔서 뒤로 물러섰다.

진양은 그런 그의 갑작스러운 행동에 의아함을 감추지 못했지만, 지악천은 그에게 별로 관심이 없었다.

'뭔가…… 가볍네?'

지악천은 심상에서 느꼈던 것보다 지금 현재 자신의 몸 상태가 비교적 나쁘지 않다는 걸 인지할 수 있었다.

진양과 그렇게나 싸워댔는데도 말이다.

'……진짜 벽을 넘기라도 한 건가?'

그런 의심을 한순간에 털어낼 방법은 결국 하나뿐이었다.

[성명: 지악천(池樂天) 별호: 묘(猫)포두, 악귀, 대(大)포두 천귀(天鬼)

소속: 남악현청 직책: 포두(捕頭)

무공수위: 현경 내공: 330년

보유 무공

심법: 천원무극신공(天元無極神功) 10성

검법: 천검(天劍) 10성

권법: 무형류(無形流) 10성

보법: 환영신보(幻影神步) 10성

신법: 무영비(無影飛) 10성

음공: 육합전성(六合傳聲)

환골탈태(換骨奪胎)

반박귀진(返朴歸眞)]

"뭐야!? 진짜잖아!"

얼마 전에 확인했을 때 분명 화경이라고 쓰여 있던 자리에 글씨가 이제는 현경이라고 바뀐 상태였다.

거기다 천하오절이 있던 자리는 덩그러니 천검이라는 검법으로 바뀐 상태였다.

'천검(天劍)? 아…….'

지악천이 천검이라는 이름을 인지하자 천검에 대한 것들이 머릿속에서 자연스럽게 떠올랐다.

분명 이전과는 모든 것이 달라진 느낌이었다.

각기 10성에 이른 무형류, 환영신보, 무영비까지도 화경에서 느꼈던 것과 지금 느끼는 차이는 어마어마하다고 할 수 있는 수준이었다.

그때는 못하고 지금은 가능한 그런 것들이 지악천의 머릿속에서 떠올랐다.

'진짜 미쳤는데? 이게 다 가능하다고?'

화경에 올랐을 때는 이런 것들을 전혀 떠올리지도 인지하지도 못했는데 지금은 머릿속에서 해당 무공을 떠올리는 것만으로도 어떻게 무공을 펼쳐야 할지가 보인다.

마치 시험을 칠 때 답안지를 보고 답을 써넣는 수준이나 마찬가지였다.

한편 갑자기 뒤로 물러선 지악천을 바라보는 진양의 눈이 좁아졌다.

달려들었던 순간과 지악천이 뒤로 물러설 때 진양은 그런 기색을 전혀 읽지 못한 탓이었다.

자신이 지악천의 속도를 따라가지 못한다면 이 상황의 끝은 정해진 것이나 다름없다.

진양이 보기에 지금의 지악천과 직전의 지악천이 주는 느낌이 너무나도 달랐다.

직전까지는 아슬아슬하게 비등비등하다고 생각했지만, 지금은 떨어져 있는 상황인데도 왠지 지악천이 너무 크게 보였다.

아직 혈기에 이성이 완전히 먹여버린 것은 아니기에 이런 이질감을 느낄 수 있었다.

하지만 이 이상의 판단은 불가능했다.

그리고 이 근방에 있는 그 누구도 그 짧은 순간에 지악천이 현경에 올라섰을 거란 생각은 추호도 하지 못하고 있으니 딱히 이상한 일도 아니었다.

꾸욱.

지악천은 왼손을 천천히 말아쥐는 것만으로도 이전과

는 다르다는 걸 확실하게 알 수 있었다.

씨익.

말 그대로 구멍 뚫린 땅에서 지하수가 샘솟는 듯한 자신감이 지악천의 입가에 그려졌다.

툭툭.

가볍게 뛰어오르던 지악천의 신형이 소리 없이 사라졌다.

단순히 지악천이 사라진 것은 이제까지 제대로 활용하지 못했던 환영신보(幻影神步)의 본모습이었다.

지악천이 사라졌다는 걸 진양이 인지하는 순간, 그의 고개가 그의 의지와는 상관없이 돌아가면서 그의 신형도 같이 날아가 바닥을 뒹굴었다.

퍼어억!

진양의 얼굴을 후려친 지악천은 바닥에 쓰러져 있는 진양에게는 눈길도 주지 않고서 자신의 손을 바라볼 뿐이었다.

"미쳤네. 미쳤어."

직전까진 주먹으로 쳐도 진양의 혈기가 그것을 상쇄했지만, 지금은 그런 기미도 느끼지 못했다.

절대로 이전과는 비교가 될 수 없다는 것을 이 한 번으로 제대로 체감한 지악천이었다.

그러는 사이 지악천에게 맞아 바닥을 뒹군 진양이 벌떡 일어섰지만, 줄곧 무표정했던 그의 얼굴에 동요하는 기색이 생겨나기 시작했다.

그는 지금 지악천이 뭘 어떻게 한 것인지 이해하고자 했지만, 이해할 수 없었다.

생각에 생각을 거듭했지만, 명확한 답을 떠올릴 순 없었다.

지금의 상황을 벗어나려면 결국엔 진양이 할 수 있는 것을 모든 총동원하는 수밖에 없었다.

물론 그것이 지금의 지악천에게 얼마나 통할지는 미지수였다.

지악천의 강함을 인지하지 못하기 때문인지 이제까지 숨겨놨던 모든 것을 드러내기 시작했다.

쿠쿠쿠쿠우우웅!

그를 중심으로 넘실거리는 혈기의 색이 점점 묽은 핏빛에서 진한 핏빛으로 변해가면서 진양의 피부도 비슷하게 변해갔다.

그러한 모습을 보고 있는 지악천은 그저 고개를 흔들 뿐이었다.

지악천의 기억 속에 있는 혈인은 그저 피칠갑을 한 모습이었지만, 지금은 그보다 괴기하고 흉악망측한 모습이었다.

"진짜 괴물이 되고 싶은 게 아니라면 이쯤에서 끝내줘야겠지?"

그 말과 함께 오른손으로 쥐고 있는 검파를 더 꽉 쥐는 지악천이었다.

한편 멀리서 지켜보고 있는 제갈수의 눈이 좁아졌다.

'……달라졌다?'

제갈수는 지금까지 지켜봤던 지악천의 움직임과 직전 움직임의 큰 차이를 멀리서 지켜보는 것이었지만, 알 수 있었다.

제갈수와 같이 구지신개 역시 그런 이질감을 느끼고 그를 바라봤다.

"우연처럼 보이긴 하지만…… 달라졌지?"

"어…… 달라졌어."

구지신개의 물음에 제갈수 역시 그렇게 느끼고 있었기에 가볍게 고개를 끄덕였다.

시선은 여전히 둘 다 지악천을 향해 있었다.

하지만 뒤에 있는 차진호와 백촉은 무슨 일인지도 모른 채 그저 바라볼 뿐이었다.

"제갈수. 내가 말이야. 너무 멀어서 잘못 느낀 걸 수도 있는데 말이야……."

차마 말을 이어가지 못하는 구지신개를 쳐다보지도 않고 제갈수가 말했다.

"끌지 말고 말해. 근데 대충 네가 무슨 말을 할지 대충 감이 오긴 한다. 아마 너나 나나 같은 생각을 하는 것 같으니까."

"그러면 내가 잘못 느낀 게 아니라는 거지?"

"……모르지. 하지만 우리는 이런 느낌을 예전부터 받곤 했잖아?"

살짝 몸을 떨면서 하는 구지신개의 말에 제갈수는 자신을 부정하고 싶은 마음이 순간적으로 일었지만, 결국은 인정하는 모양새였다.

  "큽! 빌어먹을! 정말 유례가 없는 정도라고 해야 하냐?"

  몸에 힘을 주다가 옆구리에 통증을 느낀 구지신개의 목소리에 담긴 감정은 복잡했다.

  "……그렇겠지. 천기산인도 이렇게까지 빨랐다는 말은 들어본 적이 없었으니까."

  그럴 만도 한 것이 지악천이 무공을 제대로 익히기 시작한 지 어느덧 4년에서 5년이 되어가는 시점이다.

  벌써 화경을 넘어섰다는 것은 지악천이 화경에 올랐을 때와는 비교도 할 수 없는 큰 충격이었다.

  그러한 상황 속에서 멀어졌던 지악천과 진양의 거리가 가까워지고 있었다.

  검을 늘어뜨린 채로 한 걸음 한 걸음 짙은 혈기를 뿜어 대는 진양에게 다가갔다.

  지악천은 진양과 대략 3장의 거리가 됐을 때 멈춰 섰다.

  늘어뜨렸던 검을 들어 올려 진양을 겨눴다.

  "이제 진짜로 끝을 보자고."

  말이 끝나기 무섭게 검을 들어 올린 지악천의 팔이 다시 아래로 내려가려는 순간 진양이 뭔가를 본능적으로 느꼈는지 달려들었다.

 달려드는 진양을 보며 지악천이 나직하게 중얼거리듯
이 말했다.

 "천검(天劍). 천벌(天罰)."

 지악천이 나직하게 말을 내뱉는 순간 그의 검에서 새
하얀 빛이 뻗어 나가며 달려드는 진양을 덮쳤다.

                    *   *   *

 따스한 볕이 들어오는 창을 보며 남악 현청의 현령인
청강부가 탄식이 섞인 한숨을 깊게 내뱉었다.

 "허어……."

 '도대체 무슨 생각이신지 모르겠군.'

 연신 한숨을 내쉬는 청강부의 손에 구겨진 상태인 서
찰이 보였다.

 그리고 그 서찰의 끝 쪽에는 제형안찰사사의 직인이
찍혀 있었다.

 한참을 고민하던 청강부는 결정을 내렸는지 사람을
불렀다.

 핥짝.

 "까슬까슬하니까 그만 좀 핥아라."

 탁자에 엎드린 상태로 무기력해 보이는 표정을 한 지
악천의 얼굴을 백촉이 계속해서 핥았다.

지악천은 팔을 들어 백촉 머리를 밀어내려 했다.

하지만 그런 지악천의 팔을 무시하고 오히려 백촉이 힘으로 밀고 들어가 계속해서 얼굴을 핥았다.

그렇게 몇 번의 실랑이가 오갔지만, 이내 지악천은 포기하고 얼굴을 내어주겠다는 듯이 눈을 감았다.

그러한 모습에 백촉은 하염없이 지악천의 얼굴 핥아 댈 뿐이었다.

드르륵.

그때 차진호가 문을 열고 들어왔다.

"……왜?"

이미 차진호가 문을 열기 전부터 그의 기척을 느끼고 있었던 지악천이 심드렁하게 눈을 감은 채로 말했다.

"이러니까 예전 그때 같습니다."

"……뭐가? 그리고 나 오늘 할 일 다 했다."

그 말을 끝으로 지악천은 계속 엎드린 상태로 손을 흔들었다.

더 할 말이 없으면 나가보라는 뜻이었다.

그런 지악천을 보며 차진호가 고갤 흔들며 말했다.

"제갈수 장로께서 돌아가시기 전에 점심이나 같이 먹잡니다."

"음…… 그런가? 벌써 돌아가신다고 했던 날인가?"

"그리고 포두님. 언제까지 이러고 있을 겁니까?"

"뭐가…… 난 내 할 일 다 하고 있는데 그냥 남는 시간을 이렇게 보내는 것뿐이야. 그리고 너도 있고 후 포두도 있는데 내가 할 일이 더 있겠어?"

지악천의 말은 딱히 틀리진 않았다.

"지금 포두님 꼴이 목적을 잃은 사람 같으니까 하는 말 아닙니까."

차진호의 말이 핵심을 찔렀지만, 지악천은 그저 모르쇠로 일관할 뿐이었다.

"점심이라고 했지? 맞춰서 나가면 되겠지. 그럼 됐지? 더 할 말 없으면 그만 나가. 계속 붙어서 이 녀석처럼 귀찮게 하지 말고."

지악천의 말에 연신 그의 얼굴을 핥고 있는 백촉을 쳐다본 차진호가 쓰게 미소를 지으며 나갔다.

차진호가 나간 방에서 들리는 소리는 지악천의 얼굴을 연신 혓바닥으로 핥아대는 소리뿐이었다.

탁자에 엎드려 두 눈을 감고 있는 지악천의 의식은 심상 속으로 들어선 상태였다.

"엉망이네."

심상으로 들어선 지악천의 시야에 보이는 것은 이전같이 온통 새하얀 바탕으로 된 곳이 아니었다.

주변에 푸르른 초목이 있고 드넓은 장원의 중심에 서 있었다.

그런 곳에 서 있는 지악천의 감상평은 그저 엉망이라는 말뿐이었다.

분명 시야에 들어오는 것들의 모습은 엉망이 아니었지만, 지악천의 감상평은 그러했다.

물론 이것들은 지금까지 지악천이 이것저것 시도하면서 생겨난 것들이었다.

　그때 마주했던 천기산인(天氣算人) 화문강(華們强)이 말했던 대로 이것저것 시도하면서 생겨난 것들이었다.

　물론 지금 이 자리에 펼쳐진 모든 것들은 지악천의 의지만으로도 전부 지워버릴 수 있었지만, 지악천은 그렇게 하지 않았다.

　'이 또한 나의 내면의 욕망이라고 할 수 있겠지.'

　그렇기에 지악천이 이 심상에 있는 것들을 부정할 생각은 없었다.

　단지 지악천이 이곳이 이렇게까지 될 때까지 집중하고 있는 이유는 오롯이 그때 만났던 화문강을 다시 한 번 만나고 싶어서였다.

　하지만 그런 노력에도 그날 이후로 단 한 번도 그와 마주할 수 없었다.

　그렇게 심상의 세계에서 홀로 무료한 시간을 보내던 지악천이 다시 현실로 돌아왔다.

　엎드리고 있던 상체를 바로 세우고 창밖을 바라보니 해가 중천에 다다르기 전이었다.

　'슬슬 나가야겠군.'

　어느덧 해가 중천에 다다르고 있다는 것은 약속 시각이 됐다는 뜻이었다.

　백촉의 침으로 범벅이 된 얼굴을 물로 닦아내고 가벼운 발걸음으로 백촉과 함께 밖으로 나섰다.

제갈수가 어디서 보자고 하진 않았지만, 지악천이 그를 찾는 건 그리 어려운 일이 아니었다.

남악에서 지악천의 기감을 속이고 접근하거나 숨을 수 있는 사람은 최소한 공개적으로 알려진 사람 중에서도 단 세 사람밖에 없기 때문이었다.

검성(劍聖), 신승(神僧), 무왕(武王).

현재 무림의 단연코 최강자라고 불리는 우내삼성(宇內三聖)뿐이었다.

가벼운 발걸음으로 제갈수가 있는 객잔에 도착한 지악천은 곧장 위층으로 올라갔다.

"오, 왔는가? 앉지."

제갈수는 계단으로 올라오는 지악천을 기다리고 있었다는 듯이 반갑게 맞이했다.

위층에 홀로 있는 제갈수의 모습에 일반적인 사람이라면 다른 이들은 어디에 있는지 물어볼 만했지만, 굳이 묻지 않았다.

이미 제갈수의 위치를 파악하는 순간부터 그가 홀로 자신을 기다리고 있다는 것을 인지하고 있었다.

자리에 앉은 지악천이 그를 물끄러미 바라보자 그가 입을 열었다.

"작년 그 일이 있고 나서 근 일 년이라니, 세월 참 빠르군. 안 그런가?"

"……."

지악천은 마치 본론만 말하라는 듯이 계속해서 물끄

러미 제갈수를 바라볼 뿐이었다.

"크흠! 거참. 녀석은 거의 다 회복했네. 물론 육체적인 회복일 뿐이지만."

지악천의 시선에 괜히 헛기침하던 제갈수가 말하는 녀석은 다름 아닌 진양이었다.

"그렇습니까."

대답하는 지악천의 목소리에는 약간의 씁쓸함과 아쉬움이 담겨 있었다.

"저명한 의원들을 조용히 모아서 물어봤지만…… 여기는 고칠 수가 없다더군."

제갈수가 자신의 머리를 손가락으로 살짝 두드렸다.

"예상했지 않습니까."

"맞네. 예상했었지. 그래도 혹시나 했다네. 그리고 온전한 정신으로 제대로 녀석이 벌인 일에 대해서 처벌받길 원하지 않았던가. 하지만 지금 그 녀석의 지적 수준은 그저 몸만 멀쩡한 반편이(半偏—)일 뿐이니. 자신이 누군지도 모르는 그야말로 천지와 다를 바가 없지."

살짝 격앙된 제갈수의 말에 그를 바라보는 지악천의 눈빛이 살짝 날카롭게 바뀌었다.

"굳이 돌려 말씀하시지 말고 그냥 말씀하시죠."

지악천은 제갈수가 처음부터 이런 자리를 만들고 진양에 대해서 말을 꺼낸 것만으로도 그가 진양을 어떻게 하고 싶은 건지 대략 느끼고 있었다.

"……."

"그래서 놈을 죽이실 겁니까? 아니면 살려놓고 고친 다음에 종남파 재건에 쓰실 겁니까? 그것도 아니라면 죽을 때까지 놈의 보호자라도 되실 겁니까? 어느 것 하나도 여의치 않다면 차라리 그냥 내버려 두는 것이 어떻겠습니까. 놈이 멀쩡해지든 지금처럼 반편이로 남든 그냥 하늘에 맡기는 편이 낫지 않겠습니까."

지악천의 말투는 전혀 격앙되지도 않았고 그냥 담담했다.

제갈수는 입가에 자조적이면서도 씁쓸한 미소를 지었다.

"방치라…… 그것도 방법이라고 할 수 있겠군. 죽든 살든 하늘에 목숨을 맡기자는 선택이니. 하기야 몸이 멀쩡해지니 밖으로 나가려고 매일같이 발버둥을 치는 걸 천룡대원들이 붙잡고 있기도 하고."

제갈수 역시 딱히 어떻게 할 방법을 찾지 못했기에 지악천의 말이 오히려 크게 와닿았다.

물론 제갈수가 반편이가 된 진양을 평생 보살필 의무도 없을뿐더러, 진양이 벌인 짓들을 생각하면 몸을 거의 완벽에 가깝게 치료해준 것만으로도 한때나마 친우라고 생각했던 죽은 유운에게 최대한 도리를 다했다고 봐도 무방한 수준이었다.

그 대화를 끝으로 더는 진양에 대해서 말이 나오지 않았고 둘은 각자 이후의 행보에 대해서 가벼운 대화를 나누며 헤어졌다.

그날 저녁.

정오에 같이 점심을 한 제갈수를 배웅한 지악천은 그와 했던 대화 내용을 떠올리며 생각했다.

"후……."

지악천의 머릿속에는 많은 생각들이 떠올랐다 사라졌다가를 반복했다.

처음 관에 들어왔던 일부터 포두가 되고 혈인이었던 진양에게 가슴을 찔려 죽어가던 일부터 돌아와 진양을 거의 죽이기 직전까지 갔던 일까지 전부 떠올렸다.

제갈수를 만난 후에 현령과 나눴던 대화까지 떠올린 지악천의 입에선 깊은 한숨이 흘러나왔다.

결국 결정을 내린 지악천은 자리에서 일어나 밖으로 향했다.

다음날 지악천은 현령에게 가볍게 인사하고 현청을 빠져나온 상태였다.

가벼운 짐을 꾸려 백촉과 함께 조용히 현청을 나서려던 그를 차진호와 후포성이 기다리고 있었다.

"아니, 어딜 가시려는 겁니까?"

"그러게 어딜 가시는 겁니까?"

말투와 표정을 보니 지악천이 어딜 가는지 알고 있는 모양이었다.

"금방 돌아올 거다."

"에이, 뭘 또 금방 온다고 합니까? 그냥 영전(榮轉)해서 저희를 부르는 게 낫지."

금방 온다는 지악천의 말에 후포성이 능글맞게 말했
다.

그리고 그런 후포성의 말에 차진호도 고개를 끄덕였
다.

"저도 북경에 가보고 싶네요."

차진호의 말에 지악천은 가볍게 미소 지었다.

〈지악천 완결〉

어울림 B O O K S
신인 작가 대모집!

어울림 출판사는 무한한 상상력과 뜨거운 열정을 가진 작가 여러분을 기다리고 있습니다.
창작에 대한 열의가 위대한 작품으로 꽃피울 수 있도록 저희 어울림 출판사가 여러분의 힘이 돼 드리겠습니다.

지금 도전하십시오!

모집 분야 : 판타지, 역사, 무협, 로맨스 등
모집 대상 : 아마추어, 인터넷 작가등 열정을 가진 모든 작가
모집 기한 : 수시 모집
작품 접수 방법 : 당사 네이버 카페 또는 이메일을 이용해 주십시오.

파일 형식은 제한이 없으나 원활한 원고 검토를 위해 '.HWP' 형식으로 보내주시고, 파일에 연락처도 함께 기재해주시면 됩니다.

채택된 작품은 정식 계약을 통해 출판물로 간행됩니다.
간행된 출판물은 당사의 유통망을 이용하여 전국 서점으로 배포됩니다.
※ 문의 사항은 **네이버 카페**(http://cafe.naver.com/oulim0120)를 이용하시기 바랍니다.

경기도 고양시 일산동구 장항동 43-55 성우사카르타워 801호
어울림 출판사 신인 작가 담당자 앞
전화 031) 919-0122 / **E-mail** 5ullim@daum.net